光文社文庫

長編時代小説

髪結

吉原裏同心(20)

決定版

佐伯泰英

KOBUNSHA

光　文　社

目次

新吉原廓内図

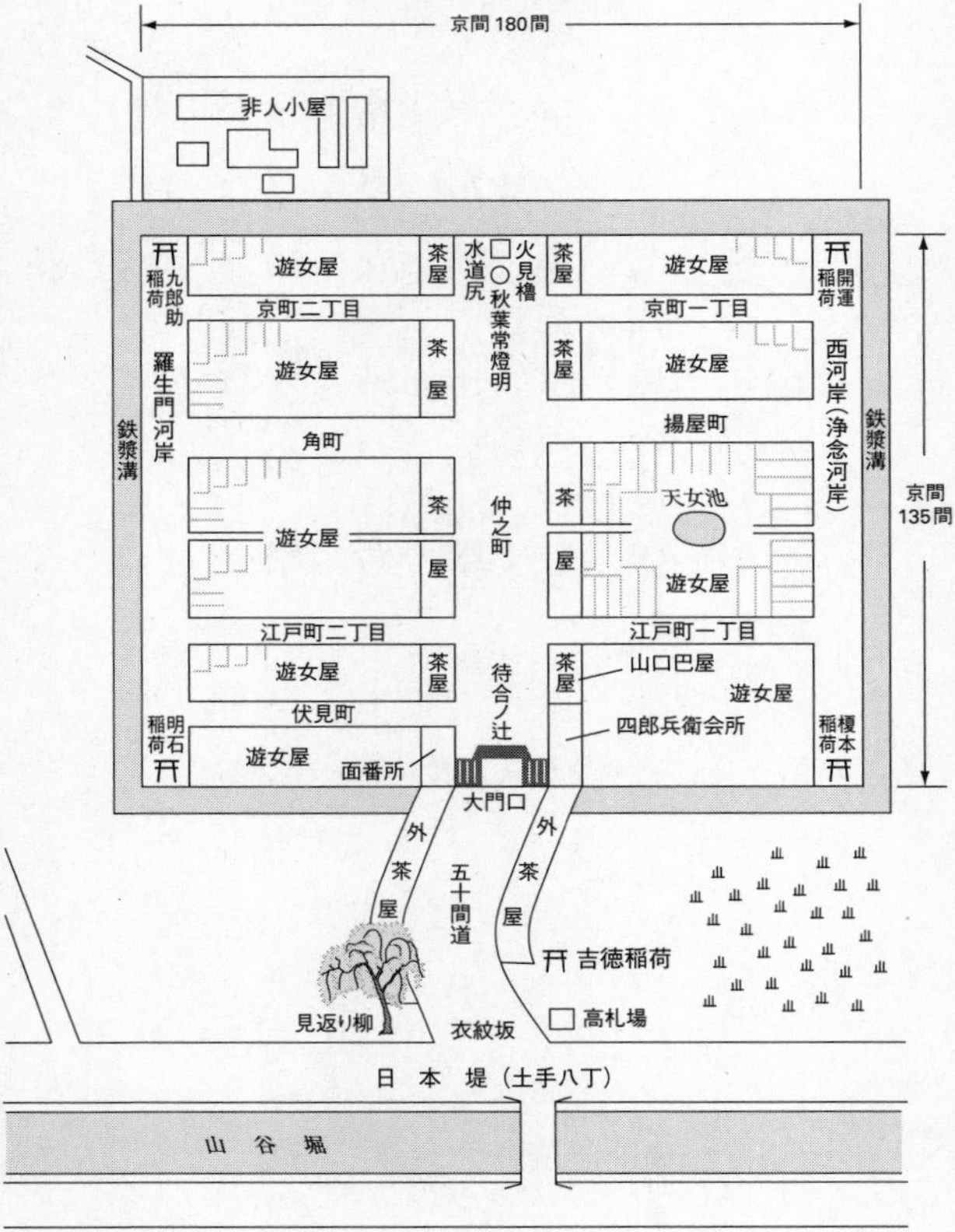
京間180間
京間135間
非人小屋
九郎助稲荷
羅生門河岸
鉄漿溝
遊女屋
茶屋
京町二丁目
京町一丁目
水道尻
火見櫓
秋葉常燈明
開運稲荷
西河岸（浄念河岸）
揚屋町
角町
仲之町
天女池
江戸町二丁目
江戸町一丁目
山口巴屋
待合ノ辻
伏見町
明石稲荷
榎本稲荷
四郎兵衛会所
面番所
大門口
外茶屋
五十間道
吉徳稲荷
見返り柳
衣紋坂
高札場
日本堤（土手八丁）
山谷堀

北
東
南
西
鐘ヶ淵
千住大橋
荒川
隅田村
千住道
三河島
田端
日暮里
駒込
小塚原
隅田川
寺島村
日本堤
谷中
金杉上町
新吉原
今戸町
千駄木
白山
鷲神社
山谷堀
今戸橋
下谷
東叡山寛永寺
浅草寺
小梅村
根津権現
本郷
東本願寺
浅草花川戸町
御薬園
小石川
中堂
幡随院
広徳寺
阿部川町
吾妻橋
伝通院
不忍池
新堀川
田原町
竹町ノ渡し
三間町
菊坂町
池之端仲町
下谷広小路
御徒町
並木町
駒形堂
湯島天神
蔵前
水戸徳川家
春日町
北割下水
牛込
森田町
石原町
神田川
神田明神
外神田
御米蔵
向柳原
天王町
神楽坂
牛込御門
小石川御門
水道橋
浅草橋
柳橋
御竹蔵
昌平橋
筋違御門
和泉橋
南割下水
番町
柳原土手
両国広小路
本所
田安御門
俎板橋
雉子橋御門
一ツ橋御門
内神田
馬喰町
両国橋
回向院
市谷
神田橋御門
清水御門
竪川
市谷御門
小伝馬町
今川橋
日本橋
常盤橋御門
新大橋
北町奉行所
小名木川
室町
麴町
江戸城
江戸橋
半蔵御門
呉服橋御門
仙台堀
深川
西之御丸
南茅場町
材木町
永代橋
鍛冶橋御門
京橋
組屋敷
八丁堀
南町奉行所
富岡八幡宮
霊岸島
桜田御門
赤坂御門
永田町
数寄屋橋御門
西本願寺
石川島
越中島
山王日枝神社
新橋
築地
佃島
溜池
幸橋御門
汐留橋

『髪結』主な登場人物

神守幹次郎……豊後岡藩の馬廻り役だったが、幼馴染で納戸頭の妻になった汀女とともに逐電の後、江戸へ。吉原会所の七代目頭取・四郎兵衛と出会い、剣の腕と人柄を見込まれ、「吉原裏同心」となる。薩摩示現流と眼志流居合の遣い手。

汀女……幹次郎の妻女。豊後岡藩の納戸頭との理不尽な婚姻に苦しんでいたが、幹次郎と逐電、長い流浪の末、吉原へ流れつく。遊女たちの手習いの師匠を務め、また浅草の料理茶屋「山口巴屋」の商いを手伝っている。

四郎兵衛……吉原会所の七代目頭取。吉原の奉行ともいうべき存在で、江戸幕府の許しを得た「御免色里」を司っている。幹次郎と汀女を吉原に迎え入れた後見役。

仙右衛門……吉原会所の番方。四郎兵衛の右腕であり、幹次郎の信頼する友。

玉藻……四郎兵衛の娘。仲之町の引手茶屋「山口巴屋」の女将。

三浦屋四郎左衛門……大見世・三浦屋の楼主。吉原五丁町の総名主にして四郎兵衛の盟友であり、ともに吉原を支える。

薄墨太夫……吉原で人気絶頂、大見世・三浦屋の花魁。吉原炎上の際に幹次郎に助け出され、その後、幹次郎のことを思い続けている。幹次郎の妻・汀女とは姉妹のように親しい。

身代わりの左吉……罪を犯した者の身代わりで牢に入る稼業を生業とする。裏社会に顔の利く幹次郎の友。

村崎季光……南町奉行所隠密廻り同心。吉原にある面番所に詰めている。

桑平市松……南町奉行所の定町廻り同心。以前に探索が行き詰まった際、幹次郎と協力し事件を解決に導いた。足で探索をする優秀な同心として知られている。

足田甚吉……豊後岡藩の長屋で幹次郎や汀女と一緒に育った幼馴染。岡藩の中間を辞したあと、吉原に身を寄せ、料理茶屋「山口巴屋」で働いている。

柴田相庵……浅草山谷町にある診療所の医者。お芳の父親ともいえる存在。

お芳……柴田相庵の診療所の助手。幼馴染の仙右衛門と夫婦となった。

おりゅう……吉原に出入りする女髪結。幹次郎と汀女の住まう左兵衛長屋の住人。

長吉……吉原会所の若い衆を束ねる小頭。

金次……吉原会所の若い衆。

政吉……吉原会所の息のかかった船宿牡丹屋の老練な船頭。

髪結
――吉原裏同心（20）

第一章　柘榴《ざくろ》の家

一

山谷堀《さんやぼり》の土手《どて》八丁《はっちょう》（日本堤《にほんづつみ》）に茜蜻蛉《あかねとんぼ》が姿を見せて、夏の終わりを告げていた。

この日、左兵衛《さへえ》長屋の住人、神守幹次郎《かみもりみきじろう》と汀女《ていじょ》はふだんより遅く床《とこ》を離れた。

昨日、幹次郎は、会所に四つ半（午前十一時）時分に出てくるのでよいと四郎《しろ》兵衛《べえ》の許しを受けていた。また、汀女も料理茶屋山口巴屋《やまぐちともえや》に昼過ぎに出ればよい日とのことだった。夫婦して遅寝を楽しんで、幹次郎は五つ（午前八時）時分に井戸端《いどばた》に洗面に行った。すると長屋の女連が、

「よう寝られたようだね」

「ここんところ吉原《よしわら》は忙し過ぎたよ。たまにはこんな日もなきゃあ、秋になって夏の疲れが出るよ」

と幹次郎に口々に言ってくれた。

井戸端に汀女の姿はなかった。

「姉様《あねさま》がおらぬようだが、朝湯にでも行かれたか」

「汀女先生の身がそれほど心配かえ、いつまでも夫婦仲睦《むつ》まじくていいね」

と女房のひとりが冷やかし、

「湯屋《ゆや》で女を磨いて、帰りに豆腐屋に寄ってくるとさ、案じることはないよ」

と幹次郎に笑いかけた。

長屋の男連はおよそが吉原の関わりの勤めをしていたから、互いの暮らしも忙しさも承知していた。亭主たちは朝の早い妓楼《ぎろう》の男衆《おとこし》やら外茶屋の使用人《しようにん》だったから、すでに奉公先に出かけていた。

女連は亭主を送り出し、朝餉《あさげ》を終えてその後片づけをしながら、井戸端でいつものお喋《しやべ》りをしていた。

そんな中に女髪結《かみゆい》のおりゅうがいたが、今朝は珍しく口を利《き》くことはなかった。

幹次郎は汀女が上がり框《がまち》に用意していた塩と房楊枝《ふさようじ》で口の中を清め、水で洗ってすっきりとした。

井戸端に棚があって季節はずれの朝顔が花を咲かせて茜蜻蛉が一匹飛んでいた。

幹次郎が釣瓶《つるべ》に手をかけて桶《おけ》に水を張ろうとすると、

「神守の旦那、水は汲《く》んでおいたよ」

とおりゅうが声をかけてきた。

いつの間にか井戸端から他の女連は姿を消して、おりゅうだけが残っていた。

「すまない、おりゅうさん」

と応じながら、幹次郎はいつものおりゅうと違うようだと思った。

おりゅうは吉原に出入りする女髪結だ。

遊女の髪は吉原出入りの女髪結が朝の間に結う。一方、禿《かむろ》の髪は男髪結が結い、下級女郎《じょろう》は互いが髪を梳《と》かし合って済ませた。

おりゅうは大見世《おおみせ》（大籬《おおまがき》）や中見世《ちゅうみせ》（半籬《はん》）に得意先を持っていたが、未《いま》だ薄墨《うすずみ》や高尾《たかお》のような太夫《たゆう》の髪は触らせてもらえなかった。髪結は年季《ねんき》がいる仕事だ。亡くなった母親のとらも吉原の髪結であったが、

「太夫の髪を弄《いじく》らせてもらうには、まあ二十年の年季がいるよ」

とおりゅうに言い残して亡くなったと、幹次郎は跡継ぎとなったおりゅう当人

から聞いたことがあった。

そもそも髪結は男客の髪を男の職人が弄《いじ》っていたのが始まりだ。歴史をひもとけば、

「文永《ぶんえい》年中（一二六四〜一二七五）のころ、北小路晴基《きたこうじはるもと》の三男采女亮《うねめのすけ》」が髪結職を始めたのを嚆矢《こうし》とする、とある。

また別の言い伝えでは安永《あんえい》（一七七二〜一七八一）のころ、山下金作《やましたきんさく》という名の立女形《たておやま》が江戸に下り、深川《ふかがわ》の永木《えいき》に住まいしていたが、役者ながらかつらの髪結、かつらつけもやった。その金作が仲町《なかちょう》の妓《おんな》と情を交わし、その髪を結うのを見た朋輩《ほうばい》らが、

「私も」「私も」

と頼み始め、二百文《もん》の髪結代を取るようになったのが始まりともいう。

一方、江戸では女髪結は明和《めいわ》初年（一七六四）ころまでは吉原などの悪所にしかいなかった。それが寛政《かんせい》年間の初め（一七八九）ごろより町中にも多く見られるようになったという。

「おりゅうさん、なんぞ心配ごとかな」

「旦那はうら屋も務まるよ」

吉原の出入りの人々の中に、うら屋と呼ばれる連中がいた。占い師のことだ。

遊女は吉原という籠《かご》の中で生きねばならぬ鳥の身だ。そのせいか易《えき》、手相見《てそうみ》、人相見、鳥占いなど、なんでもうら屋に占ってもらった。うら屋には男が多く、格子《こうし》越《ご》しに運勢を見てもらい、遊女はその判断に一喜一憂《いっきいちゆう》した。

「それがしの占いでは、だれが信用するものか」

「とんでもない。神守様は女郎衆の護《まも》り神ゆえ、神守の旦那がうら屋に鞍替《くらが》えしたら大いに流行《はや》るよ。まず最初の客は薄墨太夫様かねえ」

おりゅうが真剣な顔で言った。

人の気配がして幹次郎が振り向くと湯上がりの汀女が竹籠を抱えて木戸口を入ってきた。

「朝湯に行ってこられたか」

「幹どのも行かれますか」

「いや、本日は山口巴屋の湯殿《ゆどの》を使わせてもらうことになりそうだ」

昨日、幹次郎は四郎兵衛に昼過ぎから付き合ってくださいと依頼されていた。となれば湯船で御用のことなどを話し合うことになりそうだ、と幹次郎は考えたのだ。それが四郎兵衛の癖《くせ》だった。

「それより姉様、おりゅうさんには案じごとがあるそうだ」

「私がいていい話なのかしら」

汀女がおりゅうの顔を見た。

「汀女先生まで煩《わずら》わせては申し訳ないけれど、いっしょに話を聞いていただければ嬉《うれ》しいわ」

「おりゅうさん、朝餉は済んだの」

「最前からどうしようかと迷ってて、食べそびれたんです」

「それでは私たちといっしょに食《しょく》しませぬか」

汀女が誘い、おりゅうが一応遠慮した。だが、結局夫婦に誘われるままにふたりの長屋に上がった。

左兵衛長屋は九尺《くしゃく》二間《にけん》の棟割《むねわり》長屋ではない。

吉原会所の持ち物ゆえ、木戸口の狭い店《たな》でも二間《ふたま》五坪《つぼ》の広さがあった。奥の幹次郎と汀女の店は二階にもう一間あり、一階も三方に格子窓や障子《しょうじ》窓があって風が通った。

「さすがに汀女先生の住まいだね、きちんと片づいているよ」

おりゅうが褒《ほ》め、汀女が朝餉の仕度にかかった。家が広い分、ふたつ竈《かまど》があった。ためにご飯と味噌汁と同時に火が入れられた。が、その前に火鉢に掛かっていた鉄瓶で茶を淹《い》れ、おりゅうと幹次郎に供《きょう》すると、

「私は仕度をしながら話を聞かせてもらいます」

汀女がおりゅうに言った。

「そのほうが私も話しやすいわ」

とおりゅうが茶碗を手に話し出した。

「亡くなったおっ母《か》さんが吉原の髪結だったのはおふたりして承知ですよね」

「知っておる。女髪結の名人上手と呼ばれた女職人であったそうな。三浦屋《みうらや》の先代の高尾から当代の高尾まで世話をしたそうじゃな。薄墨太夫は縁がなかったと残念がっておられた」

「薄墨太夫はお武家の出。見世に出るときもあまり飾り立てない髪型なので、却《かえ》って難しいと漏らしたことがあったわ」

幹次郎が頷《うなず》いた。

「相談ごとって、妹のことなの」

幹次郎も汀女もおりゅうの母親が女髪結であったことは承知していても他に係《けい》

累《るい》がいるかどうかなど知らなかった。

「亡くなったおっ母さんの師匠の二代目の家に髪結奉公に出ているのよ。私も妹も花川戸《はなかわど》の甚五郎《じんごろう》親方のところで髪結修業を始めたからそこで姉妹して世話になり、私はおっ母さんが亡くなったときに跡を継いで吉原に出入りさせてもらい独《ひと》り立ちしたの」

「おりゅうさんがこの長屋に引っ越してきたときのことか」

「そう、私のほうが神守様方より半年くらい左兵衛長屋は早かったかな。それで妹のおきちは花川戸の甚床《じんどこ》に住み込み奉公に出たの」

おりゅうが幹次郎の問いに答え、さらに言い足した。

「おきちは、十二歳で花川戸に住み込み、今は十七。手先は母に似て器用なんだけど、気性《きしょう》がぼうっとしていてなかなか覚えが悪いって、最初のころは甚五郎親方がぼやいていたっけ。死んだおっ母さんとおめえの血縁じゃなきゃあ、早々と叩き出したがな、そうもならないってね。花川戸を訪ねると愚痴《ぐち》ばかりだったわ」

「おりゅうさん、十二で奉公に出たのです、他人様《ひとさま》の家のご飯に馴染《なじ》むだけで二年や三年はかかりましょう。甚五郎親方のぼやきは、おきちさんが可愛《かわい》いからではございませんか」

汀女が竈の前から言った。

「さあてどうでしょう。ようやく近ごろ半人前になったと親方がほっとしていました。その矢先のことなんです」

「なんぞございったか」

「ついひと月前から花川戸の甚床に若い男が客として姿を見せて、しばしばおきちにまとわりつくようになったとか。おきちの話だと、なんだか得体《えたい》が知れなくて気味が悪いっていうんです。親方が気づいて、その客に『うちは髪結床だ、茶屋じゃやねえ、まだ小娘の弟子にあれこれと吹き込んで外へ連れ出そうなんて、ふてえ了見《りょうけん》だ。もう、甚床の敷居は跨《また》がないでくれ』って、引導《いんどう》を渡したそうなの」

「それでもつきまとうと言われるか」

「外に使いに出されたときなど、どこからともなく現われておきちのあとを追ってくるんだそうです。そんなことが何度も続き、甚五郎親方は土地《ところ》の御用聞きに相談しようかどうしようか頭を悩ましているそうです」

「おきちさんは十七と申されましたな。娘から女子《おなご》へと開花する一番美しい年ごろではございませんか」

「汀女先生、おきちは美形でも可愛くもございません。並みの十七よりも三つ四つ幼《おさ》な顔の、ぼうっとしている娘というだけなんですがね。男から付け文《ぶみ》なんてされたこともありませんよ。そんな妹のどこがよくて尾《つ》け回すんだか」

「おりゅうさん、それは姉としての見方じゃな。男からすると、また違う見方があるかもしれぬ。甚五郎親方が御用聞きの親分に相談しようかと考えられたには、他に曰《いわ》くがあるのではあるまいか。おきちさんは他になんぞ言いませんでしたかな」

「それが気味悪い、ともかく一日中どこからか見張られているようで怖い、というだけなんですよ」

「十七歳の娘の勘《かん》は鋭《するど》いものですよ。幹どの、その男と会って直《じか》に魂胆《こんたん》を訊《き》いてみたらどうでしょうね」

「それがよいかもしれぬな。ただし本日は四郎兵衛様に供《とも》を命じられているゆえ、明日になるがよいか、おりゅうさん」

「うちの妹のことで会所の神守の旦那の手を煩わせて申し訳ないね」

「われらは、吉原に暮らしを立てさせてもろうておるひとつ家の者であろう。家の者のひとりが悩みを持っておれば、その悩みを分かち合うのが当然であろう。なにができるか、まずおきちさんと甚五郎親方に会《お》うてみる」

「幹どの、かようなご時世です。なにかが起こってからでは遅うございますでな、おきちさんと親方に会えば、そなたなればなにか新たなことが分かるかもしれません」

と汀女が幹次郎を鼓舞《こぶ》し、

「お待たせ致しました、おりゅうさん」

と炊きたてのご飯に塩引き鮭《じやけ》の焼き物、納豆、豆腐と葱《ねぎ》の味噌汁の朝餉の膳《ぜん》がおりゅうの前に供された。

「わあっ、私、朝からこんな馳走《ちそう》を食べたことない。汀女先生のうちは三度三度こんななの」

「私どもの務めは昼夜なしでございましょう。夫婦でいっしょに膳に向き合えるのは朝餉だけです。それで幹どのに精々旬《せいぜいしゅん》のもので精のつくものを食してもらいたいのです」

「私なんて三日に一度、うちで煮炊きするくらいだものね。汀女先生、ご馳走になります」

おりゅうが嬉しそうに箸《はし》をつけた。

吉原で会う髪結のおりゅうは、歳がいった女子のようだと錯覚《さっかく》していたが、素顔で豆腐の味噌汁を啜《すす》るおりゅうが意外と若く、整った顔立ちであることを改めて幹次郎は思い知らされた。

それは吉原という特殊な環境が周りに強《し》いるものだった。

生涯籠の鳥の遊女を立てて盛り上げるのが男衆であり、女衆《おんなし》だった。目立つのは遊女であり、光が当たるのは花魁《おいらん》でなければならなかった。だから、吉原の髪結のおりゅうもふだんは地味な形《なり》で、女郎衆の髪を結い上げる務めをただ黙々《もくもく》と果たしてきたのだ。そのふだんの所業《しょぎょう》がおりゅうを大人びて見せていた。

「おりゅうさん、おきちさんがただひとりの身寄りかな」

「お父《とっ》つぁんは酒の呑み過ぎで妹が二歳になったころに死んだの、おっ母さんも亡くなったから妹がただひとりの身内だわね」

「おりゅうさんは、おきちさんにとって姉であり、母親でもあるのだな」

「まあ、そんなとこかな」

と塩引き鮭を箸先で摘《つま》みながらおりゅうが答えたものだ。

昼下がり、幹次郎は吉原会所の七代目頭取四郎兵衛の供で大門《おおもん》を出た。

番方《ばんかた》の仙右衛門《せんえもん》も四郎兵衛の行き先を知らないようで、

「おや、頭取、駕籠《かご》は呼ばなくてよいのでございますか」

と尋ねたほどだ。

「かように爽《さわ》やかな秋晴れは滅多《めった》にございません。たまには徒歩《かち》で参るのも気分が変わってようございましょう」

四郎兵衛が答え、幹次郎を従えて、三曲がりに曲がった五十間道《ごじっけんみち》を衣紋坂《えもんざか》へと向かった。外茶屋の男衆や女衆が、

「七代目、よいお日和《ひより》でございますな」

とか、

「外出《そとで》御用にございますか、ご苦労に存じます」

などと声をかけてくるのへ、いちいち言葉を返したり会釈《えしやく》したりして衣紋坂に差しかかった。

幹次郎にとって馴染の日本堤が待ち受けて、見返《みかえ》り柳《やなぎ》が風にそよいでいた。

日本堤は隅田川《すみだがわ》（大川《おおかわ》）の氾濫《はんらん》から土地を護《まも》るために造られた堤防であった。

そのために衣紋坂の勾配《こうばい》ができたというわけだ。

四郎兵衛は土手八丁を今戸橋《いまどばし》の方角に曲がり、幹次郎を振り返った。

「神守様と汀女先生が私どもと知り合って何年が過ぎましたかな」

「途方もなく長い歳月が過ぎたように思えます」

実際、幹次郎の感じでは何十年もの年月をこの地で過ごしたようであった。それほど濃密な吉原会所勤めであった。

「神守様、これからも会所をよろしくお願い申しますよ」

四郎兵衛の言葉に幹次郎は、「おや、今さらなにを」という感じを持った。それでも、

「体が続くかぎり相務めます」

と答えた幹次郎の言葉に満足したように、四郎兵衛は、うんうんと頷いた。

どこまで行くのか、四郎兵衛は土手八丁を今戸橋に向かって歩を緩《ゆる》めなかった。

このところ吉原会所には黒い影が覆《おお》って、頭取の四郎兵衛以下が、正体の知れない、

「闇の力」

に押し潰されたばかりだった。

ことの発端は、千惷楼《せんしゅんろう》のお職《しょく》女郎と客の心中騒ぎだった。

幹次郎らは心中に見せかけた殺しと見抜き、真相を探るべく吉原の内外を走り回った。だが、漠《ばく》とした闇の力に叩きのめされ、四郎兵衛以下の面々が失意を胸に抱えながらもなんとか再起しようとしていた。

四郎兵衛の口から不意に新内節《しんないぶし》が漏れた。小さな声だが、哀愁《あいしゅう》漂う新内節だった。

「春雨の、ねむればそよとおこされて、乱れ染めにし浦里《うらさと》は、どうした縁でかのひとに、逢《お》うた初手《しょて》からかわいさが……」

幹次郎が初めて聞く四郎兵衛の新内節だった。

不意に始まった新内節は不意に終わった。

向こうから昼見世《ひるみせ》に向かう客を乗せた駕籠が走ってきたからだ。

「若いころ、師匠について習った新内『明烏夢泡雪《あけがらすゆめのあわゆき》』です。……見るに浦里うれしやと、かなしさこわさあぶなさに、とびたつばかりに思えども、身はいましめのつたかずら……。あちらこちらうろ覚えに喉《のど》が覚えているものですね」

と一節《ひとふし》加えて照れたように幹次郎に言い訳した。

「ご存じのようにそれがし、生まれは遠国豊後国《おんごくぶんごのくに》にございますで、粋《いき》や洒落《しゃれ》を知らずに生きてきました。吉原に世話になって、最初に惹《ひ》かれたのは夜《よ》見世の始まる折りから引け四つ（午前零時）まで爪弾《つまび》かれる清掻《すががき》の調べでございました。あの切々《せつせつ》とした調べは、男心をくすぐります。在所《ざいしょ》には在所の音曲《おんぎょく》がございますが、あのようなしみじみとした調べはそれがし知りません。ただ今七代目が口ずさまれた新内節は、同じようにそれがしの胸にじーんと響きました。清掻と七代目の新内、生涯忘れはしますまい」

新内の　節が流れて　土手八丁

「神守様、私の新内節は半端《はんぱ》に終わりましたよ」

と苦笑いした四郎兵衛に、

「七代目、お出かけですか」

と土手八丁の編笠《あみがさ》茶屋から声がかかり、

「天気がよろしいでな、外歩きをしております」

と応じた四郎兵衛が、浅草田町《あさくさたまち》と浅草山川町《やまかわちょう》の間の道に折れた。

この下り坂を行けば、浅草寺《せんそうじ》寺中の寺が並ぶ寺町に辿《たど》り着き、さらに進めば浅草寺境内《けいだい》の東側に出る。

吉原会所の家作《かさく》左兵衛長屋も浅草田町だが二丁目だった。いま、ふたりが歩く右側の田町は一丁目であった。町屋だが、土地は浅草寺の寺領地だ。

「さて、こちらでございますよ」

四郎兵衛の足が止まって、浅草田町一丁目の通りにある門を開け、黒竹《くろちく》が左右に植えられた引き込み道を指した。

二

黒竹の植えられた引き込み道は、互い違いに石が敷かれて奥へと続いていた。隠居所か妾宅《しょうたく》か、そんな風情《ふぜい》だった。

「どなたのお住まいにございますか」

「無住《むじゅう》です」

四郎兵衛が先に立って進むと互い違いの石道は鉤《かぎ》の手に曲がった。すると枝折《しおり》戸《ど》のような門があって庭に通じており、庭に囲まれた萱葺《かやぶ》きの小体《こてい》な家があった。

四郎兵衛は枝折戸を開けると、家の表戸の前に立った。

「雨戸を開いて風を入れますでな、お手伝いくだされ」

四郎兵衛は腰高障子《こしだか》を開けて土間から上がり、表戸から差す光を頼りに廊下をずかずかと奥に向かうと、閉じられた雨戸の前に立った。

「それがしがやります」

幹次郎は吉原に流れ着いたころ、浅草東仲町《ひがしなかちよう》の研《と》ぎ師松久《まつひさ》が豊後の刀鍛冶《かたなかじ》行平《ゆきひら》の作と鑑定した無銘の剣を腰から抜くと、廊下に置き、戸袋に雨戸を六枚仕舞った。

すると、

さあっ

と秋の日が庭越しに廊下へと差し込んできた。

江戸では珍しい柘榴《ざくろ》の大木が庭の一角にあって、陽光を受けて弾《はじ》けた実が艶《つや》やかな紅色《べにいろ》に輝いていた。

四郎兵衛が障子を開くと、渋い塗り壁の床の間付きの八畳の畳の間が見えた。床の間のために座敷が広く感じられた。

幹次郎が八畳と奥の間との境の襖《ふすま》を開くと、納戸《なんど》付きの六畳間があって、ぐるりと廊下が廻《めぐ》っているのか、前庭の反対側にも雨戸があった。さらに雨戸を開くと、西側には狭い庭越しに浅草田圃《たんぼ》が広々と広がり、南西側に出羽国本荘藩《でわのくにほんじようはん》六郷《ろくごう》家の見慣れた下屋敷《しも》があった。

「この界隈《かいわい》は浅草寺寺領でございましてな、町中のように軒と壁を接して隣家が建つことはございません」

四郎兵衛が言いながら、西側の廊下を台所に向かうと、もうひとつ控えの間があって、台所の板の間が広がっていた。玄関脇には三畳間の女中部屋があった。

豪奢《ごうしゃ》な造りではない。だが、手間と金がかかった渋好《しぶごの》みの家だった。

無住と四郎兵衛は答えたが、人が住まなくなって半年と過ぎてはおるまいと幹次郎は判断した。

風呂と厠《かわや》はぐるりと廻った廊下の北側の一角にあった。

敷地の広さは百坪あるかなしかだが、前庭と裏庭の向こうに借景《しゃっけい》のように寺の庭木の緑と浅草田圃が広がっているので、実際の敷地以上の広さが感じられた。

小女《こおんな》をひとり雇った隠居所か妾宅に使われていたのだろう。

「どうでございますな」

「四郎兵衛様がお住まいになりますか」

「いえ、私は死ぬまで廓《くるわ》暮らしを続けます」

と答えた四郎兵衛が平然と言い足した。

「いささか曰くのある家にございます。とはいえ、首を括《くく》ったとか心中があったというような曰くではございません。浅草寺のさる御坊様が密《ひそ》かに妾《めかけ》を囲っておられましたがな、若い妾と事に及んでおるときに、ぽっくりと亡くなられた。なんとも極楽往生《ごくらくおうじょう》でございました」

まあ悲劇に彩《いろど》られた家ではないことはたしかだが、なぜさような話まで持ち出したのか。吉原会所と関わりがあるとすると、どこぞの妓楼の女郎が病に侵《おか》されたり、子を孕《はら》んだときの休憩所、御寮《ごりよう》に使うつもりで、四郎兵衛はその下見に来たのか。

「浅草寺の管主《かんす》様にこの家の始末を願われましたのでございますよ。ええ、江戸で一番古い寺の浅草寺とは、元《もと》吉原の庄司甚右衛門《しようじじんえもん》様以来の密なる付き合いがございましてな、私が引き取りました」

「どこぞの楼の御寮に使われるおつもりでございますので」

「土地は浅草寺寺領、滅多な人に住まわせるわけにはいきません」

四郎兵衛の言葉に頷いた。

「そこでお願いがございます。黙って聞いてはくれませぬか、神守様」

幹次郎は四郎兵衛の言葉を待った。

「この家に神守様と汀女先生に住んでいただきたいのでございますよ」

幹次郎はしばし言葉を失った。夢想《むそう》もしなかったことだからだ。

「四郎兵衛様、この家はわれら夫婦が住める家《や》ではございません。われらが人格とこの家の家格は雲泥《うんでい》の差、まるで話になりませぬ。われら、左兵衛長屋でも勿体《もったい》ない暮らしにございます」

「神守様はそう仰《おつしや》ると思うておりました。ですが、私はこの家を譲り受けた折りから、神守様と汀女先生のことしか念頭にはございませんでした。吉原会所と引手《ひきて》茶屋の山口巴屋、料理茶屋の山口巴屋がなんとか立ちいくことができておるのも神守様と汀女先生のおかげにございますよ。この家から神守様に浅草田圃越しに睨《にら》みを利かせてもらえば吉原は安泰《あんたい》にございます。若い妾の腹の上で死んだ生臭《なまぐさ》坊主が建てた家です、家格とか品格とかは無縁でございました。神守様と汀女先生が住まわれることによって、この家の家格が造られていくのです」

「で、ございましょうが」

これまで何度か、四郎兵衛の口から、

「そろそろ家をお持ちになりませんか」

というような言葉はかけられていた。とくに番方の仙右衛門が幼馴染のお芳《よし》と一緒になって、ふたりして医師柴田《しばた》相庵《そうあん》の養子養女になり、柴田診療所の敷地に建つ離れ屋で住まい始めた折りには、そんな問いかけがあった。

だが、幹次郎も汀女も左兵衛長屋の暮らしで満足していた。

そんな幹次郎の逡巡《しゅんじゅん》と迷いを察した四郎兵衛が、

「神守様、汀女先生と相談して、とっくりとお考えくだされ」

「その上でお断わりしてもようございますか」

「構いませぬ」

と答えた七代目がさらに言い足した。

「その折りはこの家の無住が続くだけのことでございますよ」

幹次郎は難題を胸に抱えたような気持ちになった。庭付きの家を持つなど、幹次郎の考えにはない。

「ううーん」

と唸《うな》る幹次郎に四郎兵衛が念を押した。

「返事は急ぎません。この家は逃げませんでな。沽券《こけん》の名は神守幹次郎様ゆえな」

半刻《はんとき》（一時間）後、独り幹次郎は浅草花川戸の甚床の前に立っていた。間口が三間半（約六・四メートル）ほどで腰高障子の、

「浅草花川戸甚床」

の字の脇に蛸《たこ》が髭《ひげ》をあたられている絵が描かれてあった。

四郎兵衛とは、浅草田町一丁目で髪結のおりゅうから聞かされた話を述べて別れてきた。話を聞いた四郎兵衛が、

「それは会所の御用です。金次《きんじ》を手伝いに向かわせます。さような男は見かけ以上に危《あぶ》のうございますでな」

「七代目、助かります」

「女髪結のおりゅうも吉原一家でございますからな」

と答えたのだ。

「御免《ごめん》」

と幹次郎が腰高障子を開くと、

「いらっしゃい」

坊主頭の親方がこちらを振り向いた。そして、湯を入れた桶を抱えた女が怯《おび》えた様子で幹次郎を眺めた。

この娘がおりゅうの妹のおきちだろう。親方と小女の他にふたりの男髪結とふたりの女髪結がいた。おきちはただひとりの見習いである。女髪結がいるのは吉原に近い土地柄のせいだろう。流行っている床屋と聞いていたが、客の姿はなかった。

「あら、会所のお侍さんだ」

とひとりの女髪結が幹次郎を見た。吉原出入りの女髪結のひとり、ななみだ。

「ということはおきちのことですかえ、旦那」

「いかにもさよう。姉さんのおりゅうさんから相談を受けたでな、節介とは思うたが訪ねて参った」

「有難《ありがて》え、いえね、おきちが怯えるのも無理がないことなんだ。奇妙《きみよう》な奴でさ、ものは言わねえ。黙っておきちを見ているだけなんだがな、ぞくりとするくらい暗い目つきなんだよ」

「名前や住まいは分からぬか」

「おれがさ、名を訊いたとき、吾助《ごすけ》って言ったがよ、その他のことは分からないや。あまりにも気味が悪いんでさ、店に近づくのを断わったんだ」

「親方、なんでも川向こうから来るそうよ」

ななみが言い添え、親方が応じた。

「川向こうたって広いやな」

「横川端《よこかわばた》だって」

ななみの話は曖昧《あいまい》だった。

「年恰好はどうだ」

「十八、九かね」

「親方、あいつ、けっこう歳を食っているよ」

ともうひとりの女髪結が反論した。こちらも吉原に出入りの鑑札《きって》を持つおしまだった。

「おしまさん、そなたの目にはいくつに見えるな」

「二十四、五、いや、七、八になっているかもしれないね」

その言葉を聞いて幹次郎は初めておきちを見た。おりゅうとは歳の離れた妹と聞いた。姉は独り立ちの髪結ということもあり立派な大人だが、こちらは顔にも体つきにも未だ成長し切れない幼さを残していた。

とはいえ姉妹だ、顔の造りはよく似ていた。姉がしっかり者の顔ならば、妹は異性に安心を与える童女《どうじょ》のような面差《おもざ》しだった。

「それがし、おりゅうさんとは同じ長屋に住む神守幹次郎だ」

おきちはこくりと頷いた。姉から話を聞かされているのか。

「親方、おきちさんとこの界隈をしばらく歩いてはならぬか」

「今日はなぜか客が少ないや、好きなだけ連れていきな」

甚五郎親方が幹次郎に答え、

「おきち、店の奥でよ、前掛け、襷《たすき》を外してこい」

と命じた。おきちが手にした桶を抱えて奥に消えた。

「会所の旦那、気になることがあるんだ」

甚五郎の顔が険《けわ》しく変わっていた。

「剃刀《かみそり》が一挺《いっちょう》失《う》せたんだ、それもおきちのものだ」

「ほう、剃刀がな」

髪結職人にとって剃刀は命ともいうべき道具のひとつだ。

「吾助が二度目にうちに来たとき、おきちは剃刀の研ぎをしていた。奉公したときにおれが与えた剃刀を研いでいたんだ。職人が一人前になるかどうか、道具の使い方と手入れで分かるからな。うちに奉公に入った者には剃刀を授けるのが甚床の仕来《しき》たりなんだよ」

「親方、吾助が盗んだと思われるか」

「たしかな証《あか》しはねえ。だがな、あのとき、店にいたのは何年何十年って馴染の常連でよ、この界隈の住人ばかりだ」

「吾助だけが得体の知れない客だった」

「そういうことだ」

「親方、頭に刻みつけておこう」

幹次郎が返事をしたとき、前掛けと襷を解《と》いたおきちが姿を見せた。

「半刻ばかりおきちさんをお借りする。帰りもそれがしが送り届けるゆえ懸念《けねん》は要らぬ」

「頼みましたぜ」

ふたりは親方の言葉に送られて甚床の表に出た。

甚床は浅草御蔵前通《おくらまえどお》りと広小路《ひろこうじ》がぶつかる近くにあって、人の往来《おうらい》も多い。

幹次郎は吾妻橋《あづまばし》の袂《たもと》に〈甘味処《かんみどころ》かわばた〉があったのを思い出して、おきちを連れていった。たしか吾妻橋名物の串だんごが売りと聞いていたが、幹次郎は入ったことはない。

〈かわばた〉の中からあんこを練《ね》る匂いが漂ってきた。

おきちが嬉しそうな表情を見せた。

「おきち、この店を承知か」

「入ったことはありません」

とおきちは即答した。だが、

「川向こうの本所松倉町《ほんじょまつくらちょう》に親方の息子さんが別店をやっているんで、時折り使いに行かされます。そんなとき、この甘味屋さんの前からぷーんと甘い匂いがしてきて、いつか食べたいなと思っていたんです」

「おりゅうさんにふだんから世話になっておるでな、本日は好きなだけ食べよ」

幹次郎はおきちに言うと〈甘味処かわばた〉に入った。

「すまぬが話のできる席はないか」

幹次郎は秋の日差しが降る店の外の緋毛氈《ひもうせん》を敷いた縁台《えんだい》を見た。いつもなら浅草寺の参詣《さんけい》を終えた客でごった返す〈かわばた〉の縁台が空《あ》いていた。

「お侍さん、縁台でようございますか」

「願おう」

女将《おかみ》なのか、年増《としま》女が幹次郎とおきちを大川の流れを望む縁台に案内してくれた。その縁台から大川に架かる吾妻橋の往来が見えて、穏やかな日差しが降り注いでいた。女将とは初対面だが、なんとなく幹次郎の素性《すじよう》を承知のような感じがした。

「女将、この娘さんは花川戸の甚床の女職人さんじゃ。ちと話があるでな、縁台を借りる。娘さんに名物を好きなだけ食べさせてくれぬか。それがし、この娘さんの姉様には日ごろから世話になっておるでな」

「承知しました、会所の旦那」

「それがしを承知か」

「そなた様のご新造《しんぞ》、汀女先生とは昵懇《じつこん》でございます。玉藻《たまも》さんと汀女先生が時折り、うちにお見えになります」

「世間は狭いな」

女将が下がり、幹次郎が、

「おきち、吾助なる男と以前に関わりを持ったことはないか」

と問うと、

「ありません」

おきちがはっきりと答え、顔を横に振った。

「甚床に客として来た吾助がそなたに関心を抱いたということになるか」

「関心ってなんのことです」

「そなたのことが好きになったとか、そんなことだ」

「わたしに一目惚《ひとめぼ》れなんてありません。姉ちゃんがいつも、おまえは育ちが遅い、十七といえば子のひとりやふたりいる人もいる、吉原では突き出しされる歳だって。親方にも、おめえは人の二倍三倍、ものを覚えるのに時がかかるって、ぼやかれてます」

「おきち、世間にはいろいろな考え方の男がいるものだ。吾助はおきちになにかを感じたがゆえにつけ回すのであろう。甚床に近寄るなと親方に言われた吾助がそなたを尾け回すようになって、どれほどの月日が過ぎた」

「かれこれひと月です」

「そなたが外出をすると必ず吾助が尾けてくるか」

「これまで六度か七度です。ここのところ、親方から外には出るなって言われているんで、近ごろは見かけません」

「外出せずにおるのか。いつまでも甚床ばかりにいることもできまい」

「はい」

女将が名物の串だんごを皿に盛り、茶といっしょに運んできた。

「神守様は酒になされますか」

「いや、御用の最中は酒は口にせぬ。茶でよい」

頷いた女将が、

「足りなければ呼んでね」

とおきちに言い残してふたりの前から消えた。

「甘いものを食しながら、それがしの問いに答えてくれ」

幹次郎は茶を喫《きっ》し、おきちは一本目の串だんごをゆっくりゆっくりと味わうように食べた。幹次郎は二本目を食べ終えたおきちに質《ただ》した。

「最初、客として甚床に姿を見せた吾助は、そなたのことなど知らなかったと思うか。あるいは承知の上で姿を見せたと思うか」

最前とは違った問いかけにおきちはしばし考え込んだ。

「吾助はそなたを名指しで髪結を願ったのだな」

おきちが頷いた。

「親方から許しの出ない見習いのわたしを名指しする客なんて甚床にはいません。親方も、『こいつはまだ見習いです』って断わりました。でも、あの人はわたしでいいって言うんで、根負《こんま》けした親方がわたしにやってみろ、なにごとも経験だってやらせてくれたんです。だけど、あの人のわたしを舐《な》め回すような眼差《まなざ》しは気味が悪くって。親方に、次のときはどなたかと替わってくださいとお願いしました」

「親方はなんと返事をなされた」

「いつもなら、商売人なら客の選《よ》り好《ごの》みはご法度《はっと》だって言う親方が、ああ、そうしようと約束なさいました」

「で、二度目はだれがやったんだ」

「親方が、わっしがとあの人に言うと、わたしじゃなければだめだと。どうしても親方の言うことを聞いてくれないんです」

「その折りかな、おきちの剃刀が失くなったのは」

「はい。姉ちゃんにきつく叱《しか》られました。命より大事な道具を失くす職人がどこにいるかって。わたし、覚えが悪くて人の二倍かかるんです」

おきちは最前の言葉を繰り返し、三本目の串だんごに手を伸ばした。

「剃刀を吾助が持っていったと思うか」

串だんごを手に長いこと考えていたおきちが、大きく頷いた。

「わたし、どんなときでもどこに道具を置いたかくらいは覚えています。あのとき、研ぎの稽古《けいこ》をしていたんです、そのわたしに近づいたのは、あの人と親方だけです」

と言い切った。

三

幹次郎は串だんごを土産《みやげ》に持たせて、おきちを独りで甚床に帰らせた。親方との約束に反していた。だが、おきちと話している途中からどこからともなく見張る「眼」を幹次郎は感じていた。しばし間を置いて支払いを済ませ、

「女将、厠を借りる」

と店の奥に通った幹次郎は〈甘味処かわばた〉から大川の河岸《かし》に下りて、蔵前から今戸橋へと続く御蔵前通りに抜け出た。

往来には駄馬《だば》、大八車《だいはちぐるま》が行き交い、使いに出された手代《てだい》や小僧たちが忙《せわ》しげに歩いていた。

幹次郎はおきちの姿を目に留めた。土産に持たされた串だんごの包みを片手に提《さ》げて、いそいそと甚床に急いでいた。姉のおりゅうが妹のことを気にして幹次

郎に相談したことを嬉しく思っている背中だった。

幹次郎はおきちの前後を見回した。

おきちの後ろ十数間（二、三十メートル）に、細身の着流しの男がいた。総髪《そうはつ》の男の視線がおきちの背中にぴったりと張りついて、間を詰めようとしていた。

幹次郎は斜《なな》め後方から尾行者に接近していった。

男が右手を懐《ふところ》に入れた。

匕首《あいくち》か剃刀を取り出すつもりか。

幹次郎は一気に間合を詰めて片手で男の口を塞《ふさ》ぎ、もう一方の手で帯を摑《つか》むと、河岸道のほうへと一気に引きずり込んだ。

男がひと言も発せられないほど迅速《じんそく》な行動だった。往来する人々もなにが起こったか、分からないままに路地に引き込んでいた。

幹次郎は男を花川戸河岸に繫《つな》がれた漁《いさ》り舟の陰に引きずり込むと、ようやく手を離した。

男が慌《あわ》てて立ち上がり、幹次郎を見て、驚きの表情を見せた。〈甘味処かわばた〉でおきちと話していた侍と承知の表情だった。

「吾助だな」

未だ相手の右手は懐にあった。

「それがしがだれか分かるか」

男はなにも答えない。

「懐から手を出しなされ。摑んでおるものといっしょにな」

男は怯えてもふて腐《くさ》れてもいなかった。また思案《しあん》している風でもない。ただ幹次郎を見上げていた。目が血走っているわけではない、捉《とら》えどころがなく精気《せいき》を感じさせない目だった。

おきちが気味悪いという眼差しだろう。

「それがしが甘味屋でおきちといっしょにいるところを見たな」

「だれだ、おめえは」

細くかすれた声で歳が分かったような気がした。二十四、五歳と、幹次郎は推量した。甚床のおしまの観察とほぼ一致していた。

体つきからみて職人の力強さはない、また店《たな》奉公の経験があるとも思われなかった。自堕落《じだらく》に遊び暮らしている者の狡猾《こうかつ》さも感じられなかった。

何者か、幹次郎は判断に迷った。

「吉原会所で世話になっている神守幹次郎だ。おきちの姉に頼まれてかような所業をなした。乱暴をしたことは許せ」

男には吉原会所とおきちの姉がどうしても結びつかないように見受けられた。

「おきちをつけ回したにもかかわらず、なにも知らぬのか」

男はふたたび黙していた。幹次郎が何者か、思案している顔でもない、ただ黙っていた。

「おきちの姉はそれがしの知り合いでな、妹の身を案じてそれがしにおきちにつきまとわぬように、吾助、おまえを説得してくれぬかと願われたのだ」

ちえっ、と吾助が舌打ちした。

「懐のものを素直に出しなされ」

漁り舟の陰になって、ふたりの姿は表通りから見えなかった。

吾助は御蔵前通りに視線をちらりとやり、幹次郎のほうを振り返りながら前屈《まえかが》みになった。

「そのまま手を出せと言うたぞ」

吾助は前屈みのまま視線は下に落として懐の右手を出し、顔を幹次郎に向けるといきなり光るものを幹次郎に振るった。

だが、幹次郎に油断はなかった。剃刀との間合を取ると、流れた相手の右手の肘《ひじ》を逆に捩《ねじ》り、その場に押し倒した。

背中に片膝をぐいっと押しつけた。

吾助は手にしたものを振り回そうとしたが、幹次郎の体には届かなかった。捩り上げた肘に力を入れて、剃刀を落とさせた。そいつを遠くに片足の先で蹴り飛ばした。

幹次郎の膝の下で吾助が暴れた。だが、幹次郎が膝に力を入れると、無言のまま力を抜いた。

幹次郎は吾助の体から離れた。

「畜生《ちくしょう》」

と呟《つぶや》きながら、胡坐《あぐら》を掻《か》き、剃刀を拾った幹次郎を感情の薄い眼差しで見た。

「この剃刀、おきちに返す。よいな」

なにも言わなかった。

「それがしは吉原会所の用心棒じゃ、相手次第で手荒い真似をすることもある。また町奉行所の役人方と繋がりもある。おまえをこのまま南町奉行所の同心《どうしん》どのに引き渡すこともできる」

吾助の体がぶるっ、と震えた。わが身が置かれた窮地にようやく気づいたようだった。あるいは小伝馬町《こでんまちょう》の牢屋敷を経験しているのか。

「おれはなにもしていねえ」

「剃刀を盗んだ所業で小伝馬町の牢屋敷に送り込めるぞ。牢屋敷は新参者《しんざんもの》には厳しいところと聞いておる。吾助、耐えられるか」

唇を嚙《か》んで考えていた吾助が、

「どうすればいい」

「吾助、おきちをなぜ尾け回した」

「可愛いと思ったからよ」

幹次郎の問いに吾助は即答した。その素早い反応が幹次郎は気に入らなかった。だれかから教え込まれた言葉のような気がした。

「おまえの住まいはどこだ」

「宿なしだ。知り合いの家を転々としていらあ」

これまたこれまでの煮え切らない態度とは違ったはっきりした反応だ。

「歳はいくつだ」

「おめえは役人じゃねえよな、身許《みもと》調べしてなにになる」

「吾助、われら、吉原会所の者は町奉行所と一心同体と思え。牢屋敷におまえを放り込むことくらい朝飯前の芸当だ。嘘と思うならば試してみるか」

「二十五だ」

としぶしぶ答えた。

「吾助とは親からもらった名だな」

「ああ」

「吾助、とくと聞け。おまえは甚床の馴染ではない。ふらりと入ってきたときから、おきちを名指しして髪結を願った。おまえは最初からおきちのことを承知して、甚床の敷居を跨いだのではないか」

「見当《けんとう》違いだ」

「甚床の看板がたまたま目に入って敷居を跨いだというのか」

「髪結床に行くのは髪結のためだ、他になにがある」

「二度目に甚床を訪ねたときになぜ剃刀を盗んだ」

「盗んだんじゃねえ。あいつと会いたくてちょいと借りただけだ」

「世間じゃ、そいつを盗人《ぬすっと》と呼ぶ。さあて、どうしたものか」

「もう、おきちを尾け回さねえ」

「信用ならないな」

幹次郎が応じたとき、浅草御蔵前通りに金次の姿を見た。四郎兵衛の命《めい》で甚床を訪ねておきちに会い、〈甘味処かわばた〉に幹次郎を捜《さが》しに行こうとして通りかかった様子だった。

「よし、こんどばかりは許してやろう。だが、二度とおきちの周りをうろつくな。もし約束を違《たが》えた折りは、南町奉行所定町廻《じょうまちまわ》り同心桑平市松《くわひらいちまつ》どのの出馬《しゅつば》を願う。となれば牢屋敷は免《まぬか》れぬ」

幹次郎は声を張り上げて金次にも聞かせた。

「吾助、それがしが許すのは一度かぎり。この次はおまえの居場所が知れぬでも、必ず捜し出してみせる。それがわれらの務めだからな。分かったか、吾助」

暗い眼差しでこっくりと頷いて、立ち上がった。そして、花川戸河岸道から立ち去りかけた吾助が、

「おりゃ、おきちが気にかかった。死んだ妹とよく面差しが似ているんだ」

と思いがけない言葉を残すと、その場から立ち去った。

金次があとは任せろという眼差しを幹次郎に向けて、吾助のあとを尾行していった。

その日、幹次郎が吉原に戻ったのは八つ（午後二時）の刻限で、すでに昼見世は始まっていた。

途中、甚床に立ち寄り、おきちに剃刀を返した。

「えっ、もう剃刀を取り返してくれなさったのでございますか。ということは、あいつが出やがったというわけだ」

幹次郎はざっと事情を告げた。

「親方におきちを送り届けると約束したが、なんとのうあいつが現われるような気がしたので、おきちを独りで先に帰し、おきちに尾行者がいないかどうか見張っておったのだ」

「さすがに吉原会所の凄腕《すごうで》のお侍だ。で、あいつ、もうおきちを尾け回したりしないと約定《やくじょう》しましたかえ」

「あやつの言葉をすべて信じたわけではない。ゆえに、会所の若い衆《わかいし》に吾助のあとを尾けさせた。うまくいけば塒《ねぐら》などを洗い出してこよう」

「最前うちに来た若い衆だね。いや、助かった」

と言った甚五郎親方が、

「おきち、二度と剃刀から気持ちを離すんじゃねえぞ。神守の旦那に礼を申し上げな」

と命じた。

その親方とおきちと別れた幹次郎は、甚床から吉原に戻ってきたところだった。

「相変わらずの遅い登城《とじょう》ではないか」

面番所《めんばんしょ》の村崎季光《むらさきとしみつ》隠密廻《おんみつまわ》り同心が幹次郎に嫌味を言った。懐手を襟《えり》から出し、顎《あご》の無精髭《ぶしょうひげ》を抜いている。

「今日は格別でござる」

言い訳めいたことは幹次郎は一切言わなかった。

「町奉行所の出先《でさき》たる面番所のわしより裏同心どのの出のほうが遅いとは、どういうことか」

村崎同心は暇とみえて幹次郎に絡《から》んでみせた。ふたりの間での〝遊び〟の問答だ。

「いささか事情がございましてな」

「だれしも事情はある。いつもいつも津島《つしま》道場で剣術の稽古などという言い訳は通らぬぞ」

幹次郎は、花川戸の甚床のおきちの話を説明した。なにか役に立てばと思ってのことだ。

「なに、おりゅうにさような妹がおるのか。ふうーん、裏同心どの、そなたの本日の始末じゃがな、温情のかけ過ぎではないか。わしの勘では惚《ほ》れた腫《は》れたなどという話ではないぞ。どうも剃刀なんぞを盗み出したところが気に入らぬな」

「やはり甘《あも》うございましたか」

幹次郎は金次が吾助のあとを尾行していることを村崎に告げていなかった。

「甘い甘い、大甘だ。そなた、若い女が絡むと平静を欠いてのめり込む癖がある。わしなどは女であれ男であれ、区別をつけぬ。そうでのうては、町方同心は務まらぬ。よう心せえ」

「村崎どのの忠言、身に沁《し》みてございます」

「本日のことで終わったなどと思うなよ」

「重ね重ね懇切《こんせつ》なるご忠告、胆《きも》に銘《めい》じます。ところで村崎どの、本日、われらが職場は事もなしでございますか」

「わしがかように大門前で睨みを利かせているで騒ぎはない」

「村崎どのの威光《いこう》はこの界隈に知れ渡っております」

「まあ、そんなところか」

村崎同心の小言《こごと》とも自慢ともつかぬ言葉を拝聴《はいちょう》して会所の敷居を跨いだ。

「だんだんと神守様の手練手管《てれんてくだ》が効を奏《そう》して、村崎様は骨抜きになってきましたな」

大門前でのやり取りを会所内から聞いていた小頭《こがしら》の長吉《ちょうきち》が笑った。

「手練手管ですと。それがし、村崎同心を模範《もはん》に誠心誠意務めを果たしておるのでございますぞ、小頭」

「ほれ、その口だ。神守様が吉原にお出でになられたころは、そのような言葉は吐かれませんでしたよ」

「小頭、われら夫婦が江戸に来て何年になると思う。もう四、五年ですぞ」

「神守様があの同心どのを手懐《てなず》けてくれましたのでね、わっしらは楽になりましたよ」

苦笑いした幹次郎は奥へと通った。すると四郎兵衛と番方の仙右衛門が話をしていた。その場の雰囲気から御用の話とも思えなかった。

「ご苦労でした。おきちの一件、どうなりました」

幹次郎は甚床を訪ねた経緯《いきさつ》から花川戸河岸での吾助との問答まで詳《くわ》しくふたりに告げた。

「おきちはわっしも承知しています。一見《いちげん》でふらりと甚床に来た客が直《す》ぐに目を留める娘とは思えませんがね」

「番方、人の見る目は様々ですぞ。おきちは姉のおりゅうさんほどてきぱきはしておりませぬが、どことなく相手をほっとさせる娘です。亡くなった妹に面差しが似ているという吾助の言葉に、全く信頼が置けないわけではないと思うのですが」

「それにしても神守様、剃刀の一件、気に入りませぬな」

「ただ今も村崎どのに甘い、大甘の始末と叱られました」

「番方、金次がなんぞ摑んでくるのを待って、神守様は改めて考え直されますよ。まず神守様は吾助を泳がせて様子を見ておられるのです」

七代目は幹次郎が独りで帰ってきたことをそう判断したようだ。

「なにっ、金次がその男のあとを尾けてますか。わっしは危うく村崎様の二の舞になるところだった」

仙右衛門が苦笑いした。

「村崎どのによれば、本日の廓は静かじゃそうな」

「ええ、このところあれこれと大騒ぎが続きましたでな、平穏無事の吉原は大歓迎にございますよ」

四郎兵衛が答え、番方が、

「神守様、七代目から寺町の家の話を聞きました。長屋の暮らしもいいが、厠くらい家ん中にあったほうが、冬なんぞは楽にございますよ。会所の別邸の番人とでも考えて、思い切って引っ越しなすってはどうですね」

「人は起きて半畳《はんじょう》寝て一畳、方丈《ほうじょう》の暮らしもいい」

「ですが、私ども俗人にはそれなりの楽しみも要る。まあ、汀女先生ととくと話されることですよ」

四郎兵衛が最後に言い添えた。

金次が吉原会所に戻ってきたのは、幹次郎が廓内の夜廻りを終えた六つ半（午後七時）の刻限だった。

「あいつ、中之郷横川町《なかのごうよこかわちょう》の船問屋須崎屋八郎右衛門《ふなどんやすざきやはちろうえもん》方の奉公人でございました」

「あやつが船問屋の奉公人じゃと。なんとも得体の知れぬ男じゃがな」

「神守様、得体の知れないのは船問屋の須崎屋八郎右衛門の商いでございましてね、人の出入りが昼より夜のほうが多いくらいなんでございますよ」

「いささか変わった船問屋ではないか」

仙右衛門も興味を示した。

「はい、船問屋なんでございますが、荷を運ぶよりも人を乗せて川遊びなんぞをさせる船宿のほうが主な仕事でしてね。須崎屋では源森川《げんもりがわ》の中之郷瓦町《かわらまち》に船宿を持っており、客を乗せて春は花見、夏は夕涼み、秋は紅葉《もみじ》狩り、冬は雪見とそれぞれ趣向《しゅこう》を変えて馴染客を抱えておりますんでございますよ。また船宿の二階に女子を置いている様子でございます」

「それは吉原としては見過ごすわけにはいきませぬな」

きらり、と四郎兵衛の目が光った。

幹次郎がさらに訊いた。

「吾助は船問屋の奉公人かな、それとも船宿のほうかな」

船宿は元々、
一に荷を回漕《かいそう》する業の船問屋
二に川遊山《ゆさん》の船を仕立てる商い人

の両方を指した。時代が下るにつれ、荷と人の業務が分化していった。だが、須崎屋八郎右衛門方では今も「荷と人」を運ぶ船問屋と船宿の両方の業務をこなしているという。

「中之郷横川町の荷を運ぶ店のほうの奉公人でございます」

「あやつが船問屋の奉公人とは考えもしなかった」

剃刀で斬りかかってきた吾助の姑息《こそく》な挙動《きょどう》からはどうも結びつかなかった。

「花川戸河岸からあとを尾行《つけ》たんですがね、江戸じゅうを引き回されましたよ。あいつ、神守の旦那が尾行してくることを頭に入れて動いてやがった。ようやく橋を渡って店に戻ったのは暮れ六つ（午後六時）でございましてね」

「須崎屋ってのは真面目な船問屋、船宿ではございませぬな、神守様」

四郎兵衛が首を傾《かし》げ、

「このたびの一件、ただの惚れた腫れたじゃないかもしれませんな。うちだけでは手に負《お》えないことかもしれませぬよ」

と言い足した。

しばし考えた幹次郎が、

「明日にも南町の桑平市松どのに相談するというのはどうでございましょう」

「それがようございます。意外と大きな魚が掛かるやもしれませんでな」

と四郎兵衛が言い切り、方針が固まった。

四

翌日、幹次郎は津島傳兵衛《でんべえ》道場での稽古の帰りに数寄屋橋《すきやばし》を渡り、南町奉行所に立ち寄った。

この月は南町が非番月、門は閉じられていた。だが、通用門が開いていて、与《よ》力《りき》同心らが出入りしていた。

幹次郎は門番に定町廻り同心の桑平市松に会いたいと願った。

「そなたは」

「吉原会所の神守幹次郎と伝えてくだされ。桑平様とは知り合いにございます」

着流しの姿をしげしげと見ていた門番が、

「吉原会所に侍がおるのか」

と呟きながら、それでも奥へ幹次郎の願いを伝えた。

しばらく南町奉行所の前で待たされた。

非番月とはいえ、新たな訴えや事件を受けつけないというだけで、未解決の取り調べや探索は続けられていた。

「おお、神守どのが訪ねてくれたか」

と声がして定町廻り同心の桑平が巻羽織《まきばおり》姿に刀を一本差しにして通用門から姿を見せた。

「ご多忙ではござらぬか」

「われらの務めはそなたと同じ、際限《さいげん》なく繰り返される。暇があるといえばある、ないといえばない。されど、初めて友が数寄屋橋に姿を見せてくれたものを袖《そで》にする薄情《はくじょう》は持ち合わせておらぬ」

と冗談を言いながら、数寄屋橋へとさっさと歩き出した。

奉行所内に幹次郎を通す気などさらさらないのだ。

南町の敏腕《びんわん》の定町廻り同心は、物事あるいは対する人物によっては清濁《せいだく》併せ呑む度量も兼ね備えていた。吉原会所との、あるいは神守幹次郎との付き合いを朋輩に知らせることなく内々の付き合いに留めることを決めているようだった。そんな思いが挙動に表われていた。

数寄屋橋を渡ると大名《だいみょう》小路から町屋へと風景が一変する。

橋を渡ったところで桑平が、御堀沿いに山城河岸《やましろがし》に向かうか、はたまた比丘尼《びくに》橋《ばし》へ足を向けるか、真っ直ぐに町屋に入るか、といった顔で幹次郎を見た。

「桑平どの、知恵を借りに参った。しばし付き合《お》うていただけようか」

「知恵などないが、暇なら捻《ひね》り出せる」

と念を押すなという顔をした。

「ならばこちらへ」

幹次郎は山城河岸へと御堀沿いに右へと向かった。

「ひと汗掻いた顔つきだが、下谷山崎町《したややまざきちょう》の津島道場の帰りかな」

と幹次郎の行動を読んだ。

この朝、重田勝也《しげたかつや》らに眼志流《がんしりゅう》の居合を教えた。ためにいつもより半刻ほど津島道場を出るのが遅かった。むろん非番月の南町奉行所の役人らの出仕《しゅっし》に合わせてのことだ。

「いかにもさよう」

「われらもそなたに見倣《みなら》い、奉行所の道場なり八丁堀の道場なりで稽古をすべきだが、なかなか暇がない。いや、そなたとて暇などあるはずもないのじゃが、身を削って下谷山崎町まで通っておられる。なかなかできぬことじゃ」

と褒めたが、桑平はそれなりの遣《つか》い手と幹次郎は見ていた。

「それがしの場合、務めが務めゆえ気分を変えるためにござる。修行というより道楽に近い」

「過日、奥山《おくやま》に待ち伏せしておった白狐《びやっこ》めらを退治されたのをちらりと見せてもろうたが、空恐ろしいほどの腕前じゃな。道楽などでできる芸ではないぞ」

幹次郎は、あの奥山の一件を知る者は汀女と出刃《でば》打ちの紫光《しこう》太夫だけかと考えていた。だが、桑平市松もまたあの騒ぎを見物したひとりかと、桑平の油断のならない密行に感嘆し、その顔を見た。

「あの夜、料理茶屋山口巴屋で深々と酒を頂戴し、土産まで頂戴したでな、酔い醒《ざ》ましにあの界隈をふらついておった」

「そう聞いておきます」

山城河岸を南に進むと土橋《どばし》に突き当たる。その橋下に山谷堀の船宿牡丹屋《ぼたんや》の猪牙舟《ちよきぶね》が待ち受けていた。船頭は老練《ろうれん》な政吉《まさきち》だ。

「舟に乗せてどこまで連れていこうというのだ。まさか吉原ではあるまいな」

さっさと乗り込んだ幹次郎に桑平同心が尋ねた。

「吉原では迷惑でござるか」

「迷惑ではないが、どこぞの隠密廻り同心のように瞬《またた》く間に骨抜きにされる。くわばらくわばら」

と笑った。

「桑平どのの父上もそのまた父上も南町では清廉《せいれん》と人情の厚さで知られた定町廻り同心として務め上げられたそうな。代々の血筋は吉原とて変えられませぬ」

「四郎兵衛が言いおったか。清廉などという言葉はただ今の桑平家にはない。それがしは、先祖を敬《うやま》いつつも清濁併せ呑むいい加減さを新たに付け加えましたからな」

と幹次郎が胸中密かに考えていたことを自ら口にした。

「まあ、そう聞いておきましょう」

政吉船頭が無言で猪牙舟の舫《もや》い綱《づな》を解き、築地川《つきじがわ》に向かって櫓《ろ》を漕ぎ出した。

「そろそろ本日の趣向を聞かせてくれぬか」

「吉原外のことにございますれば、桑平どのの知恵を借りるのが一番かとそれがし愚考《ぐこう》し、かようにお誘いしました」

「知恵がないときはどうするな」

「川遊びをして、また数寄屋橋にお送りします」

「申してくだされ」

幹次郎は浅草花川戸町の甚床の女髪結のおきちに吾助がつきまとっていたことから、吾助の奉公先、横川の船問屋須崎屋八郎右衛門方について、なんとなく尋常な商いではないような気がすることなどを、順を追って洗いざらい話した。

しばし桑平市松は沈思《ちんし》していた。

築地川に入る手前の汐留橋《しおどめばし》で猪牙舟は三十間堀《さんじつけんぼり》に入り、日本橋川《にほんばしがわ》へと抜けようとする政吉船頭の櫓の音だけが長いこと響いていた。

「吉原会所、恐るべし」

と桑平同心が呟いた。

「なんぞ引っかかることがございますので」

桑平が政吉船頭を見た。

「政吉船頭は会所の者と考えてようございます。口が堅いのは保証します」

ふーん、と鼻で返事をした桑平が、

「横川町の須崎屋八郎右衛門の家業の船問屋は、元々は結構古いのだ、六代は続いていよう。だがな、ただ今の八郎右衛門は先代が潰したのを買い取った。あの界隈では遠い縁戚《えんせき》とかなんとか言いつくろってきたが、だれも信じておらぬ。あやつ、父親の雇われていた須崎屋の持ち船に親子で乗っていたそうだが、肥前長崎《ひぜんながさき》から江戸に向かう途中、船は難破《なんぱ》して須崎屋は大損を出し、潰れた。父親も死んだがなぜかこの男だけが生き残り、潰れた須崎屋の商いをそっくり買い取った。当初、奉公人はかような履歴《りれき》の新しい主人を信頼しようとはしなかったようだが、この男、靡《なび》く奉公人は手元に残し、異《い》を唱える番頭手代は放り出して、須崎屋を牛耳《ぎゅうじ》るようになった。そのころから荷を運ぶ仕事から人を乗せて遊ばせる船宿稼業《かぎょう》へと間口を広げた。それが四、五年前のことかな」

「さすがは桑平どの、即座にわれらの疑問を解いてくれた」

「この程度の話では、吉原の裏同心どのは満足なされまい」

「話の続きがありますので」

「分かっておられるくせに」

桑平がせせら笑った。

「いえ、おきちはどちらかといえばおっとりとした髪結見習い、若い男が一目惚れして髪を弄らせたがるような娘とはいささか趣《おもむき》が違います、のんびりしておるというか、物言いもゆったりとして顔立ちは童女といった感じです。吾助がまとわりつくには、それなりの理由《わけ》がなければおかしい。だれぞの指図《さしず》がなければなりますまい」

「吾助なる男がおきちに関心を抱いてのことではないと、そなたも会所も考えられたというわけか」

「見当違いにござろうか」

幹次郎の問いに、桑平同心はしばし沈思した。

「この話、手をつけると火傷《やけど》をするでな、だれもが手をつけよらぬのだ」

桑平の話は思わぬ展開を見せた。

「奉行所内では胡散臭《うさんくさ》さで知られた船宿かな」

幹次郎は話の矛先《ほこさき》を少しずらした。

「いや、南北両町奉行所でも一部の者しか知るまい。胡散臭いと思うている連中も見て見ぬふりをしているというのが実情じゃ」

「ということは御城のお偉《えら》い様が絡んでおられる」

幹次郎は苦い思いを経験させられた「未決」騒ぎを思い出していた。

「そなたが考えるほどのことでもないかもしれぬ。だが、客筋にお偉い様がおられることもたしかじゃ」

「源森川の船宿は、四季それぞれに趣向を凝《こ》らした企てでお客を飽《あ》きさせぬとか、聞いております」

「そこじゃ、一切一見の客は取らぬ。すべて馴染客の推薦《すいせん》があった上で、須崎屋八郎右衛門と常連客の総意がなければ客として受け入れぬそうな」

「それでよう商いが成り立ちますな」

猪牙舟は越中橋《えっちゅうばし》、新場橋《しんば》、海賊橋《かいぞく》を潜《くぐ》って日本橋川に出ようとしていた。

「客は、上客じゃと申したぞ。どこぞの宗派の偉い坊主やら大身旗本《たいしんはたもと》やら、大名家の留守居役《るすいやく》やら用人《ようにん》、商人も大店《おおだな》の主か番頭までと、懐が潤《うるお》っておる者ばかりだ。吉原の大尽《だいじん》遊びが飽きた連中のことよ、一度の支払いが多額というわけだ」

「大川やら江戸湊《みなと》を清遊《せいゆう》しての風流行《ふうりゅうこう》でございますか、そうそう大金は請求できますまい」

「そなたは不思議な御仁《ごじん》じゃな。それでよう吉原会所の凄腕用心棒が務まるものだ」

と桑平が首を捻った。

「人が大金を支払うにはそれなりの仕掛けが要る」

「で、ございましょうな」

「われら、さようなところに縁なき衆生《しゆじよう》でも考えつくことは、呑む打つ買うじゃ。酒、博奕《ばくち》、女であるな」

「女を置いているらしいとは耳に挟んでおりましたが」

船で客と女を取り持って商うことを御免色里《ごめんいろざと》、つまりは官許の吉原が見逃すわけにはいかなかった。

「船頭が聞き耳を立てる中、そなたに講釈するのもなんじゃが、船宿の所在地はおよそ二十二か所と昔から決まっておる。曰く山谷堀、元柳橋《もとやなぎばし》、柳橋、神田川《かんだがわ》、江戸橋、一石橋《いっこく》、箱崎《はこざき》、三俣新地《みつまたしんち》、八丁堀《はっちようぼり》、霊岸島《れいがんじま》、大川端《おおかわばた》、新川《しんかわ》、小網町《こあみちよう》、大橋、汐留橋、木挽町《こびきちよう》、京橋河岸《きようばし》、両国橋《りようごく》、一ツ目之橋《ひとめ》、貝杓子店《かいじやくしだな》、浜町《はまちよう》河岸、銭屋《ぜにや》河岸とな、これらの土地に十軒から二十数軒の船宿が集まっておる。ただ今江戸に船宿は六百軒を超えていよう。これらの船宿の中には、屋根船《やねぶね》に男女を乗せて、どこぞの人目につかないところに泊め、船頭が四半刻《しはんとき》(三十分)から半刻ほど留守をして稼ぐ船宿もある。かようなことは船宿牡丹屋が吉原会所と通じ合っているのだから、そなたもとくと承知のことであろう」

「さすがは代々の定町廻り同心の家系でございますな。見事に諳《そら》んじておられる知識に、それがし感嘆致しました」

「ちえっ、すべて知り尽くしておるくせに説《と》かせたのかな」

「話の腰を折りました。最後までお話しくだされ、桑平どの」

「数年前まで源森川の中之郷瓦町には船宿はなかった。だが、当代の須崎屋になって、店開きしたそうな」

「代々須崎屋八郎右衛門方は、横川で荷を積む船問屋を商う鑑札を所持しておりましたな、ために源森川の船宿の店開きができたのでござろうか」

「まあ、その辺は曖昧でござってな。山谷堀の牡丹屋は吉原会所の息がかかった船宿ゆえ、屋根船に男女を乗せて送り出したり、宿の二階で売女屋ごとき商いをするはずもない。だが、どことは言わぬが船宿は曖昧宿と化しているところが数多《あまた》あるのだ。須崎屋八郎右衛門方も、これまでの船宿以上に、遊びに趣向を凝らしたゆえ、馴染客が繰り返し詰めかけるのであろう。それにしても当代になって商いを広げた元手の金子《きんす》の出処《でどころ》がな」

「分かりませぬか」

「分からぬのだ」

「町奉行所では取り締まれぬのでございますか」

「吉原会所の裏同心どの、いくらわれらが厳しい取り締まりをしたとて、呑む打つ買うの遊びが根絶した時代がござるか。道楽の極みの吉原はその最たるものではないか」

「官許の吉原は遊女衆を置き、呑み食いの遊びはさせますが博奕はご法度にございます。桑平どのの同輩隠密廻り同心どのに監視されております」

「面番所の隠密廻りなど、とっくに骨抜きにしておるくせに」

と桑平が舌打ちし、それでも言い足した。

「須崎屋八郎右衛門方の船宿の類《たぐい》はな、幕閣《ばっかく》の各所に銭をばら撒《ま》いておるでな、なかなか手入れの許しが出ないのだ、神守どの」

「奉行所にも金子が渡っておるのでございますか」

「吉原のやり口を真似たのかもしれぬぞ」

「面番所の監督権を吉原会所が代行しておるだけでございますよ。お上《かみ》の触れは守るように、われら日々努力しております」

幹次郎の言い訳に桑平が沈黙して応《こた》えなかった。

間がしばしあった。

「二年ほど前か、源森川の船宿で客の財布が盗まれる騒ぎがあってな、この客が奉行所に訴えを出した。そこでわれらが動こうとした矢先、被害を届けた客から、

『勘違いをしておりました、財布は家に置き忘れておりました』との知らせがあって、調べは沙汰止《さたや》みになった」

「桑平どのは、だれぞに脅されて届けを引っ込めたと思われますか」

「調べに着手してもおらぬで、真偽は分からぬ。それから半年ほど過ぎたころ、財布を源森川の船宿で盗まれたと届けた男が、家近くの寺の境内で首吊りをしでかして命を絶ったのだ」

「なんと」

と幹次郎が呟いた。

「この首吊りの一件とその半年前の騒ぎを結びつけて調べようとした若い同心がおったが、この者、閑職《かんしよく》に飛ばされた」

政吉船頭の猪牙舟は大川に出るとゆっくりと遡行《そこう》を始めていた。

幹次郎は段々とおきちの騒ぎが遠のいていくようで不安を感じた。

「船宿なんてのは、叩けば多少なりとも埃《ほこり》は出るものよ」

「桑平どのは、須崎屋には手を出すなと申されますか」

「そうではない。手を出すなれば、それなりの覚悟が要ると言いたいだけだ」

桑平市松が言い切った。

「それがしも須崎屋が並みのタマじゃねえと思っている。いつまでも有頂天《うちょうてん》にさせてもいけねえ。だが、やるときはこっちも傷を負う覚悟が要る」

幹次郎は桑平に助けを求めたのは間違いだったかと感じ始めていた。

「花川戸の甚床は、たしか吉原に女髪結を送り込んでおったな」

「おきちの姉のおりゅうさんも吉原出入りの女髪結ならば、甚床のふたりの女髪結も吉原に関わりがござる」

「吾助なんて野郎は神守どのが指摘の通り、使い走りだ。なぜその使い走りがおきちを目に留めたか、理由がなければなるまい。おきちと須崎屋八郎右衛門方となんらかの繋がりがあるはず」

「甚床の息子が横川の須崎屋近く、本所松倉町で出店を開いておるそうな。ためにおきちは時折り、使いにあの界隈に出されることがあるようです」

「それだ、それかもしれぬ。その折り、おきちがなにか須崎屋の店か客か、あるいは荷に関心を抱いたかもしれぬ」

「桑平どの、考えませんでした。おきちに尋ねてみます」

「そのように茫洋《ぼうよう》とした女子のことだ。相手はおきちがじいっと見ておることに懸念を示したかもしれぬ。だが、おきち自身はなにも見ておらずに、ただ物思いに耽《ふけ》っていただけかもしれぬぞ」

「いかにもさよう」

「吾助を締め上げれば、なんぞ吐くかもしれぬ」

「桑平どの、吉原会所を助けていただけるので」

「神守どの、考え違いをされても困る。それがし、痩せても枯れても南町奉行所の定町廻り同心だ。隠密廻りでもないのに吉原会所の下働きはできぬ」

「われらもそのようなことは考えておりませぬ。お互いに利があるなれば別々に動く」

「会所の利とはなんだな」

「おきちの一件とは別に、須崎屋が常連の客に女子を融通《ゆうずう》して利を得ていることは官許の吉原の損害へと繋がります。ならば、われらはさような所業は潰すまでにござる」

「南町奉行所は、須崎屋があってもなくても痛くも痒《かゆ》くもない。じゃが、娘に危害を加えるとしたら見逃すわけにはいかぬ。それに閑職に飛ばされた若い同心は、それがしの朋輩であった。あの者の恨《うら》みを晴らすためにもそれがしは動く」

「有難《ありがた》きお言葉かな」

「だが、神守どの、この一件、慎重の上にも慎重な仕度が要る」

しばし考えた幹次郎は、

「それがし、おきちともう一度会《お》うてみます」

「それがしを南町まで送り届けてもらおう。須崎屋八郎右衛門のことを例繰方《れいくりかた》の書付《かきつけ》で調べてみる」

政吉が吾妻橋下流の駒形堂《こまがたどう》に猪牙舟を着けて、幹次郎だけが下りた。

「このこと、面番所の隠密廻り同心に漏らされるでないぞ。それがしの首が吹っ飛ぶことになるでな」

「気をつけます」

政吉船頭が舳先《へさき》を回して、南町奉行所へと桑平市松を送っていった。

表裏　肚《はら》をくくるか　秋日和
桑平同心の乗った猪牙舟を見送りながら幹次郎の脳裏に言葉が散らかった。

第二章　女髪結おきち

一

一刻《いっとき》（二時間）後、幹次郎はおきちを伴い、ふたたび花川戸河岸にいた。

日差しは西に傾き始め、ちょうど下流から政吉船頭が戻ってくるだろう刻限になっていた。

桑平市松同心を南町奉行所まで送った政吉が帰ってくる頃合いを狙ってふたりで隅田川の右岸に立ったわけではない。

幹次郎は桑平同心と別れたあと、ふたたび甚床を訪ねた。

すると本日の甚床は盛況で小上がりにも順番を待つ客がいて、職人たちは客の応対に追われていた。むろんおきちも親方や兄さん姉さん株の職人の手助けをして働いていたが、おきちの周りだけなんとなくおっとりとした空気が漂っていた。それがなんとも甚床の忙しさを和《なご》ませている。おきちは、甚床になくてはならぬ人材だと見てとれた。

「おや、神守様」

甚五郎親方が目ざとく幹次郎の姿を認めて、おきちに用ならば連れ出してもいいという表情をした。

「親方、こちらはふと思いついて立ち寄っただけだ。暇潰しにご一統の仕事ぶりを眺めさせてもらおう」

「吉原会所の凄腕の懐刀が用もねえのに髪結床で暇潰しですと。だれが本気にしますよ」

と親方が笑い、

「小上がりの連中はいつだっていい客だ。まあ四半刻もすると手が空きますよ」

と言い足した。

その言葉通りに四半刻も過ぎたころ客が減り、最前までのいささか濃密だった雰囲気がのんびりとした時の流れに変わっていた。すると一段落と見てか、おきちが親方や幹次郎、それに先輩職人衆に茶を淹れて出した。

幹次郎は甚五郎と、それまで客が座っていた床に腰を下ろして茶を喫した。お湯加減に注意して茶を淹れたことが分かるいい塩梅《あんばい》の茶だった。

「おきちの淹れた茶はなかなかのものでございましょ」

幹次郎の考えを読んだように甚五郎が言い、礼を述べた。

「昨日は〈かわばた〉の串だんごの差し入れ、有難《ありがと》うございました」

「親方、おきちを連れ出した礼と言いたいが気まぐれだ。改まって礼を述べられるような話ではない」

「本日はなんですね。まだあいつが気になりますかえ」

「親方の倅どのが川向こうで出店を開いておるそうですね」

「ええ、暖簾《のれん》分けした倅の店がございますよ。神守様、おれはかみさんとの間に三人の息子を授かりましたがね、長男は流行病《はやりやまい》で亡くなり、次男と三男がおれの跡を継いでくれました。三男は他人の飯を食わせようってんで、室町《むろまち》の同業に修業に出しています。次男の駒吉《こまきち》も修業していた床でしてね。で、うちに戻った次男の腕を一年ばかり確かめたあと、たまたま川向こうの知り合いが店を畳むというのでね、おれが居抜きで買い取った。それをさ、大工に手入れをさせて、甚床の出店として本所松倉町に駒床《こまどこ》を開いたのが、三年前ですかね。おかげ様で前々からの客に加えて新たな客が増えて、うちより繁盛《はんじょう》していまさあ。それがなにか」

と幹次郎を見た。

小上がりにいた客の頭を男髪結があたり、職人衆は一服したり茶を喫したりしていたが、おきちはゆったりとした箒《ほうき》使いで床を掃《は》いていた。

「時折り、おきちが倅どのの店に使いに行くそうじゃな」

「へえ、お互い客が立て込んだりした折りは、職人を貸し借りしますのでね、そんな使いにおきちが行きます。それがなにか」

ふたりの問答を聞く者はいなかった。髪を結い直してもらっている客と職人は、ふたりから離れていたし、食い物の話かなにかに夢中だった。

「おきちは気づいておるまいと思う。だが、倅どのの店に使いに出た折りにおきちはなにか見てはならぬものに目を留めた。その行動を吾助らに見とがめられたのではないか、となさるお方に忠言されたのだ」

「ほう、やっぱりあいつはおきち目当てにうちに来たってわけですか」

「まだはっきりとしたことは分からぬ。本日参ったのは、おきちを伴い、こちらの店から倅どのの店までいっしょに歩いてみようと思うのだ。連日、おきちを連れ出すのは他の奉公人の手前、どうでござろうかな」

「吉原会所の懐刀がおきちのために時を割《さ》いてくれようってんですぜ。おきちにもしものことがあったら、死んだおとらさんに申し訳ないや。どうか懸念がないようにしてくださいまし」

そんなわけで甚五郎の許しを得て、おきちを連れ出したのだ。おとらというのはおりゅう、おきち姉妹の母親だ。

おきちを連れた幹次郎は甚床を出ると、

「そなたが本所に使いに行く道を辿ってくれぬか。いつものようにな」

「その日の気分次第で道が違います」

「ならば、最後に使いに出たのはいつだ」

「およそひと月前かな」

「その道筋を同じように辿ってくれぬか。道草を食ったのならその通りにしてくれ」

おきちは頷き、御蔵前通りを突っ切ると花川戸河岸に出た。

そこは昨日幹次郎が吾助を引っ張り込んで、おきちに近づくなと警告した河岸だった。

おきちは早速《さっそく》足を止め、柳の枝が水上に揺れる様を無心に眺めていた。なにがおもしろいのか、飽きないようだった。ひと月前、この場に立つおきちの姿が幹次郎の脳裏に浮かんでいた。てきぱきし過ぎる姉のおりゅうとは全く言動と感覚が異なっていた。

ともあれ、幹次郎はおきちの辿る道筋に気長に付き合うことにした。

「おきち、髪結の仕事は好きか」

幹次郎の問いかけが耳に届いてないのかと思っていると、しばらく間があったあと、

「はーい、頭を弄るのは大好きです」

との答えが戻ってきた。そして、柳の枝葉が風に揺れる風景に注意を戻した。

そのとき、水上から声がした。

「神守様、猪牙を使いますかえ」

下流から漕ぎ戻ってきた猪牙舟の政吉が声をかけてきたのだ。

「いや、いい。これから徒歩でおきちと本所松倉町の甚床の出店に参ると会所に伝えてくれぬか」

「承知しましたよ」

と答えた政吉が、

「桑平の旦那が神守様と汀女先生のことを会所が雇うたのは、大した目のつけどころだと褒めていましたぜ」

「それはどうかのう」

と応じたとき、おきちが不意に歩き出した。

おきちの間合で動くしかない。

幹次郎は慌てて政吉に手を振るとおきちに従い、〈甘味処かわばた〉の傍らから吾妻橋の西詰に上がった。すると、あんこを煮る匂いがそこはかとなく橋上まで漂ってきた。おきちがくんくん、とあんこの匂いを嗅《か》ぎ、

「昨日は特別」

と自分に言い聞かせたように橋を渡り始めた。

吾助が姿を見せるとも思えないが、おきちの後ろから幹次郎は往来する人々の動きに注意しながら、長さ八十四間（約百五十三メートル）の橋を渡った。

おきちは上流側の欄干《らんかん》に左手を添えて東詰に向かう。その足が止まった。歩みを止めたのは橋の中ほどだ。

大川は吾妻橋界隈では、浅草川とも呼ばれた。

この吾妻橋に並行するように竹町《たけちょう》ノ渡し場があって、浅草材木町《ざいもくちょう》から中之郷竹町に渡し船が往来していた。通常は六艘《そう》で往来していたが、吾妻橋の架け替えの際には四艘増やされていた。そんな一艘が乗合客を乗せておきちの視線の向こうですれ違った。

娘の眼　なに想うか　秋がゆく

幹次郎の胸に言葉が散らかった。

おきちは浅草川の流れを往来する渡し船を見たあと、遠くかなたに視線を預け、しばらく川風に頬をなぶらせていたが、歩きを再開した。

「おきち、そなた、姉様と同じように吉原出入りの髪結になるのか」

おきちの歩みは止まらない。東詰に向かってさっさと歩いていく。

渡り切った正面に肥後国熊本新田藩《ひごのくにくまもとしんでん》の細川《ほそかわ》家の下屋敷があった。

おきちは細川家と町屋の中之郷竹町との間の道へと入り込んだ。そして、突然振り返って、

「わたしは吉原の髪結にはなりません」

と答えた。

「遊里は嫌いか」

「親方がおまえのようにぼうっとしている女職人は、半刻が三分《ぶ》とか一両の金に変わる吉原には向かない。うちで働けと言ってくれました」

「そのつもりか」

「親方も職人衆もわたしのことを承知の人ばかりです。わたしは甚床で奉公し続けます」

「ようものが分かった親方や朋輩衆でよかったな」

首肯《しゅこう》したおきちが、

「神守様は吉原が好きですか」

と問い返した。

「われらには好きとか嫌いとか道を選ぶことなどできなかったのだ。江戸に流れ着いて吉原会所に夫婦して救われたのだ。今では吉原がそれがしと姉様の江戸そのものだ」

と答えた。

おきちは成就寺《じょうじゅじ》の門前で手を合わせると、寺領と町屋と武家地が入り交じっ

た道をぐいぐいと東へと進み、この界隈で、

「中之郷御中間新町《おちゅうげんしんまち》」

と呼ばれる町屋に出た。

おきちの歩みは一定で、さらに本所松倉町を斜めに抜け、ふたたび水辺に出た。

北割下水《きたわりげすい》だ。

甚床の次男駒吉の店は北割下水に面してあった。この界隈は下級の御家人《ごけにん》や貧乏長屋が集まる一帯だ。

甚床の本所出店、初代駒床の腰高障子の前にふたりは立った。

屋号の駒床にちなんでか、若駒の顔が看板代わりに描かれていた。

「若親方」

と呼びながら障子をおきちが開けると、

「おきちか、独りで来たか」

と若い声が即座に応じた。

なんとなくおきちの身辺に起こったことを承知のようで、案じる気持ちが声音《こわね》に感じられた。

幹次郎がおきちに続いて敷居を跨ぐと、きりりとした若い顔が幹次郎を見た。

「おまえ様はたしか」

と途中で言葉を濁《にご》した。幹次郎の正体を承知の声音だった。

「おきちの連れですかえ」

「親方に許しを得て、こちらに邪魔を致した。いや、こちらに用があるわけではない。仕事の邪魔はせぬ」

と応じた幹次郎に仔細《しさい》を呑み込んだ風に駒吉が、

「おきち、茶の仕度をしておきねえな」

とおきちに命じ、目顔《めがお》で手が空くまで待つように幹次郎に願った。

北割下水界隈に住む荷役方《にやくかた》と思える力仕事の男の頭を元結《もとゆい》で結び直した駒吉は、手際よくかたちを直して櫛《くし》で仕上げを始めた。

幹次郎にも駒吉の腕のたしかさは、よどみのない手の動きで分かった。

使っている職人はひとりで、その他に見習いの小僧がいたが、まだ奉公に出て間もないのか箒を手に床をだらしなく掃いていた。

「小僧、箒の使い方も未だ覚えねえか。それじゃいつまで経っても髪結職人にはなれないぞ」
三十五、六の職人に叱られたが、小僧は応えた風はない。

「おきち姉ちゃん、今日はゆっくりしていくのか」

と奥に向かおうとしたおきちに尋ねた。

「三《さん》ちゃんと遊んでいる暇はないと思うな」

「ふうーん、おれもよ、こっちより花川戸の店のほうがいいな。あっちはよ、女職人さんもいるしさ、吉原に道具持ちで行けるかもしれないもんな」

だれに吹き込まれたか、三ちゃんとおきちに呼ばれた小僧が羨《うらや》ましそうにおきちに言った。

「小僧、仕事は覚えねえが色気だけは一人前か。大親方の女職人の道具持ちで大門を潜りたいのか。ええ、どうだ」

職人の言葉に客が笑った。

「兄さんはお女郎衆の頭を弄りたくないのか」

「おりゃ、仕事なんぞで花魁の頭を弄りたくねえや」

「源《げん》さん、小僧と無駄話して手が疎《おろそ》かになっているよ」

駒吉親方が年上の職人を注意した。若いがなかなか性根の据《す》わった親方だった。

これならば馴染の客を増やしていくだろう。

駒吉の手が空いて、

「旦那、一服しませんか」

と奥へと幹次郎を案内した。

店の奥に四畳半の部屋があって、きれいに片づいていた。すでにおきちが茶の仕度をしてふたりに淹れ立ての茶を供し、店に戻っていった。どうやら店の手伝いをする様子だ。

「話は親父から聞いております。おきちにちょっかいを出す男がいるんですってね。まさか吉原会所のお侍がおきちのことに手を貸すなんて、わっしには信じられませんや」

「姉のおりゅうさんとは昵懇の間柄でな」

と答えた幹次郎は昨日からの出来事を駒吉に説明した。しばし考えていた駒吉が、

「おきちにつきまとった男は須崎屋八郎右衛門方の奉公人でしたか」

と困った顔をした。

「こちらと関わりがござるか」

「いえ、ございません。けど、この界隈じゃ決して須崎屋さんの評判はようございませんぜ」

「その評判の悪さはなぜだな」

「わっしらは客の噂を聞くだけだ、だが、なにが酷《ひど》いんだ、阿漕《あこぎ》なんだと訊いても、そりゃ言えねえやと口を噤《つぐ》んでございますよ」

「稼業は船問屋じゃそうな、源森川には船宿も開いておる」

「主な稼ぎはその船宿でございましょうな、横川町の船問屋はなにをやっているんだか、得体が知れないことはたしかだ。夜中に荷を下ろしたり積んだりしているかと思うと、日中はのんびりとしている。荷役の男たちが出入りするのは商売柄当たり前だが、着流しの浪人やら裾《すそ》の解《ほつ》れた袴《はかま》の剣術家なんぞが飼われているそうな」

「須崎屋に吾助って男がいるのを承知かな」

「吾助ですって、暗い目つきの野郎でございますね」

「その者がおきちの剃刀を花川戸の店から盗んでいったのだ」

「なんとあやつがね。おきちになにをしようというんでございますかね」

「吾助ひとりの考えでおきちにつきまとっておるのではないのではないか」

「ほう」

「吾助が花川戸の甚床に最初に姿を見せたのはひと月も前、そのころにおきちがこちらに使いで来たそうだな」

「ひと月前ですって、そうですね、夕暮れ前に親父の言《こと》づけを持ってきましたっけ。文を読んで親父に分かったと伝えてくれと、暗くなる前に橋を渡って戻るようにおきちを送り出しましたけど、それがなにか」

「分からぬのだ。なにしろ姉と違い、おきちはよくも悪くも傍目《はため》には茫洋として考えがあっての動きかどうか判別がつかぬ」

「違いねえ」

「当人になにか見たか、だれかと会わなかったかと尋ねても、さあ、と首を傾げられそうな気がしてな」

「旦那、おきちは変わり者というんじゃないが、あいつしか分からない時の流れで生きておりますからね。たしかに髪結の技だって他人より何倍も覚えるのに時がかかる。だけど、旦那、あいつはいったん覚えたことを決して忘れねえ、そればかりか、客一人ひとりの好みに合わせてきっちりと仕上げます。こいつはだれにでもできるこっちゃないんでございますよ」

「親父どのはさようなことに気づいてないぞ」

「神守様でございましたな。おきちは大切なうちの職人でございますよ、吾助が須崎屋になにを命じられたのか知らねえが、助けてくださいまし」

と駒吉が願った。

「おきちは幸せ者じゃな」

幹次郎は駒吉に頷くと、

「花川戸にそろそろ戻る刻限になった」

と立ち上がった。

おきちは駒床からの帰り道、往路とは違った道を辿った。

大横川《おおよこがわ》とも呼ばれる横川へ抜けたのだ。

北割下水にある駒床から直ぐそこだ。

この横川、木場《きば》から大川へと抜ける運河だった。開鑿《かいさく》されたのは万治《まんじ》年間（一六五八〜一六六一）のことで、全長一里（約三・九キロ）余、堀幅二十間（約三十六メートル）の堂々たる堀だ。この界隈は舟運《しゅううん》に関わる店が多くあった。

おきちは中之郷横川町の河岸道を南に向かい、法恩寺橋《ほうおんじばし》で対岸に渡り、町屋と寺町の間を抜ける道をこんどは北へと向かった。なんとも遠回りして花川戸に戻ろうとしていた。

「ひと月前と同じ帰り道か」

横川の河岸道は細く続き、途中から道幅が広くなった。業平橋《なりひらばし》へと向かうと対岸のお店《たな》に灯《あか》りが入っていた。これまでおきちが立ち止まって、横川を見下ろしたのは法恩寺橋でだけだ。それも長くは足を止めてはいなかった。

なぜ遠回りをするのか、おきちの気持ちは分からない。使いに出たときがおきちの息抜きなのかもしれなかった。

おきちは不意に足を止めた。業平橋が半丁（約五十五メートル）先に見える河岸道で足を止め、柳のところから対岸を見た。

ひと月前もそうしたのか。

その対岸は須崎屋八郎右衛門の船問屋だった。だが、おきちにはそこが吾助が奉公する須崎屋という考えはないようだった。

「ひと月前、ここで足を止めたのか」

「はい」

「なぜだな」

「堀向こうの空が濁ったような赤に染まって、川端のお店の灯りが水に映るのがきれいだったからです」

「はーい」

おきちは珍しく即答した。その光景が胸に刻みつけられているからであろう。

「しばらく見ておったのか」

「はい」

刻限はほぼ同じ頃合いだが、今日の西の空は雲に覆われていた。

「その折り、この堀端でなにかを見なかったか。夕焼けの他にだ」

「なにをです」

「たとえば川向こうで荷下ろしをしていたとかだ」

おきちはしばし考え込んだ。その眼差しは対岸に向けられているように見えたが、記憶を辿っていることが幹次郎には分かった。

不意におきちが歩き出した。

二

しばらく無言で歩いていたおきちが振り返った。

「神守様、船が泊まっていたんです」

「そなたが夕焼けを見ていた河岸の向こうにか」

「はい」

「どうしたな」

「あっちのほうへ船が行きました」

おきちは北の方角、業平橋のほうを指した。

「荷を積んだ船か」

「いえ、屋根船です」

おきちは一転して足早に業平橋まで辿り着くと対岸へと戻り、源森川の南岸を歩き出した。

横川と源森川は鉤の手に繋がり、源森川は大川へと合流していた。

その角には大身旗本六千石森川《もりかわ》家の下屋敷があって、おきちと幹次郎は塀と源森川の間の河岸道を隅田川へと向かった。

河岸に沿った道の中ほどに水辺に映る雪洞《ぼんぼり》の灯りが点《とも》っていた。まるで狐火《きつねび》のように幻想的な仕掛けだった。船着場から船宿へと誘《いざな》うように灯りが点っているのだ。だが、この刻限、船着場には一艘の船もなかった。

船宿〈すざきや〉の灯りであった。須崎屋八郎右衛門の持ち物の船宿であろう。

「最前話した船がこちらに回って舫《もや》われていたんです」

「そなた、ここでも足を止めたか」

「いえ、帰りが遅くなっていたので、吾妻橋へと急ぎました」

と急ぐふりを見せたが、おきちの歩みはいつもと変わらなかった。

「船に客は乗っておったか」

おきちはまた考え込んだ。

遠い記憶を引き出しているようなおきちの表情だった。長いこと沈思していたおきちの顔にはっとした感情が走った。

「わたし、忘れてました」

「忘れてましたとはなんのことだ」

「船の障子の隙間《すきま》から娘さんの顔が見えました」

「なに、娘とな」

「船着場の灯りで娘さんの顔が浮かびました。そう、たしかだわ。わたし、忘れていた」

と記憶を確かめるようにおきちは自分に言い聞かせた。

「娘はいくつくらいか」

「わたしより年下でした」

「十五、六か」

「もう少し下かもしれません、十三、四かな。綺麗な顔立ちでぴらぴら簪《かんざし》が灯りに映《は》えていました。不安そうで、助けを求めるような顔つきでした」

「そなた、声をかけたか」

「でも、わたしも怖くなって先を急ぎました、あの娘さんに声をかければよかったかな。今日、この前使いをした道筋を辿ってきて思い出しました。たしかだわ、娘さんが乗っていたのよ」

ふたりの行く手に源森橋が見えてきた。

ふたたび町屋から武家地に移っていた。越前《えちぜん》福井《ふくい》藩松平《まつだいら》家の下屋敷だ。

夕暮れが迫り、源森橋とは反対側の隅田川左岸から人影が現われた。

「おきち、それがしの後ろに参れ」

これまで前方を歩いていたおきちを引き止め、幹次郎が前に出た。

「どうしたの、神守様」

「そなたは見てはならぬ娘を見たようだ」

人影は四人、三人は剣術家風の浪人者でひとりは町人の吾助だった。

幹次郎はおきちを背後にして源森橋で待つ者に近づいていった。吾助といっしよに三人の浪人がふたりの行く手を塞いだ。

「吾助、まだ懲りないのか」

暗い眼差しにどこか興奮している気配があった。吾助の手には木刀《ぼくとう》があって、

「昨日の借りを返す」

と呟いた。

「今宵《こよい》は木刀を持ち出したか」

幹次郎が吐き捨て、浪人者のひとりが、

「吾助、われらが手を貸すによって存分に打ちのめせ。江戸の二本差しなど、かたちばかりだ」

と唆《そそのか》し、

「よし」

と吾助が木刀を構えた。

幹次郎はおきちに、その場におれよ、と言い残すと吾助との間を詰めた。だが、剣に手を掛けたわけではない。吾助が、

「先生方、おきちに怪我させせちゃならねえ。旦那が直に問い詰めなさる」

と言い残すと両手で木刀を構え、
あああー
と素手《すで》の幹次郎に叫びながら突進してきた。

隙《すき》だらけの突進で木刀が振り下ろされる直前、幹次郎の体勢が沈み、
ふわり
と木刀の打撃を外して斜め横に体《たい》を流すと、吾助の腕を下から押し上げるようにして摑み、腰車に体を乗せて河岸道から源森川の土手へと投げ落とした。

「あ、痛《い》てえ」

と土手下から吾助が呻《うめ》き声を上げた。

一瞬の早業で幹次郎の手に吾助の木刀が残っていた。

「こやつ、やりおるぞ」

「油断致すな」

浪人者の面々が言い合い、剣を抜き放った。

幹次郎は片手に木刀を構えた。

「おぬしら、須崎屋の用心棒か」

「それがどうした」

「船問屋が怪しげな用心棒を雇っておるとはどういうことか」

「そのほうの知ったことか」

「知らぬでは見逃せぬでな」

「娘を渡せ」

「それができぬのだ。須崎屋八郎右衛門に伝えよ。吉原会所を怒らせてはならぬとな」

「吉原会所だと」

諸国を放浪した浪人剣術家のようで、吉原会所がどのような役割を持つのか、知らぬ風だった。

「叩き殺す」

という言葉に西国訛《さいごくなま》りがあった。

幹次郎は吾助の木刀を脇構えに置いた。

三人が楔形《くさびがた》陣形で真ん中の浪人がじりじりと間合を詰め、後詰《ごづ》めの仲間もその動きに合わせた。

源森川の右岸、隅田川との合流部には水戸徳川《みととくがわ》家の蔵屋敷があった。そちらから乗物が灯りを点して橋に近づいてくる気配があった。

その提灯《ちょうちん》の灯りを見た浪人が、急げとばかりに八双《はっそう》に構えた剣を振り下ろしながら幹次郎に踏み込んできた。

その踏み込みを読んだ幹次郎は、脇構えの木刀を眼志流居合の秘技横霞《よこがす》みのように使うと相手の懐に飛び込み、胴をしたたかに抜いていた。さらにその右手にいたふたり目の横鬢《よこびん》を木刀の流れのままに強打した。

びしり、がつん
と音が立て続けにして、両人が崩れ落ちるように河岸道に倒れ込んだ。

三人目は立ち竦《すく》んだままだ。幹次郎の迅速な踏み込みに追いつけずに茫然《ぼうぜん》としていた。

幹次郎は木刀をくるりと回して三人目に突きつけると、

「おきち、それがしの傍らに寄れ」

と命じ、おきちが無言で幹次郎の横に来た。

「吾妻橋へと走れ。それがしもそなたの後ろから従うでな、案ずるな」

三人目の浪人を木刀で牽制《けんせい》しつつ、おきちを先に行かせた。

「それがしの言づけ、八郎右衛門に伝えるのを忘れるな」

と言い残した幹次郎は、草履《ぞうり》の音を立てて走るおきちのあとを追った。

幹次郎は吾妻橋の手前でおきちに追いつき、木刀を隅田川の流れに放り込んだ。

「もう走らずともよい」

幹次郎の言葉におきちが走りを止めた。

はあはあはあ
おきちの息が弾《はず》んでいた。走ることなど滅多にないおきちの走りぶりだった。

そのおきちが幹次郎の手を取った。その手が震えていた。

「か、神守様、強いね」

「相手が弱いのだ」

「吾助、わたしになにをしようというの」

「どうやらそなたは見てはならぬ娘を見たようだ」

「ぴらぴら簪の娘さんはどうしてあの船にいたんだろう」

おきちが幹次郎に問うた。

「おきち、そなたは横川の船問屋須崎屋の前で屋根船を見かけ、そのあとに船宿〈すざきや〉の船着場で娘を乗せた屋根船を見た。短い間に二度も見たそなたに不審を抱いた者がおる」

「わたし、ただ夕焼けを見たかっただけなのに、屋根船のことなんか忘れていたのに」

おきちは吾妻橋の中ほどで幹次郎の握りしめた手を離した。往来する人の目を気にしたようだ。それだけ周りが見えるようになり、落ち着いたのだろう。

橋の西詰から〈甘味処かわばた〉の灯りが見えてきた。もはや店仕舞いをしていたが、明日の仕込みか小豆《あずき》を煮る香りが橋上にも漂い、ふたりをほっと安堵《あんど》させた。


六つ半過ぎ、幹次郎はおきちを伴い、左兵衛長屋の木戸を潜った。ちょうど汀女が料理茶屋山口巴屋から戻ってきたところのようで、井戸端でおりゅうと話をしていた。おそらく話は幹次郎とおきちのことだろうと思われた。

「ただ今戻った」

「姉ちゃん」

木戸口から幹次郎とおきち、それぞれが声をかけて、

「おきち、どうしたの」

おりゅうがほっと安堵の顔を見せた。

「おりゅうさん、心配させたな」

「私も甚床の親方を訪ねたのよ」

「おりゅうさん、そのあとにな、われらが戻ったのだ。甚五郎親方と相談して、当分おきちをそなたのところで暮らさせるのが安全であろうということになった。迷惑かな」

「神守の旦那、迷惑もなにも私の妹ですよ。旦那に会所とは関わりがないうちの仕事をさせて申し訳ないよ」

「おりゅうさん、それがどうやら会所と関わりがある話になってきたようだ。まあ、ときに姉妹仲よく暮らすのもよいものであろう」

「幹どの、夕餉《ゆうげ》はまだのようですね」

「夕餉どころか昼餉《ひるげ》も食べておらぬ」

「それは大変」

とおりゅうが驚きの言葉を漏らし、

「おりゅうさん、うちで一緒に夕餉を食べましょうか。話もできますよ」

と汀女がおりゅうに誘いかけた。

「いいの、ならばうちの菜《おかず》を汀女先生のところに持っていくわ」

と張り切った。

っぱりとした。


「おきち、ぼうっとしてないで、手伝いな」

おりゅうの言葉に力が戻った。

幹次郎は大刀を抜くと汀女に渡し、釣瓶で井戸の水を汲んで顔と手を洗ってさっぱりとした。


四半刻後、四人は持ち寄った菜の載った膳を前に座った。

「神守の旦那、燗《かん》がついたよ」

火鉢の鉄瓶で燗をしていたおりゅうが燗徳利《どつくり》を幹次郎の膳に載せた。

牡蠣《かき》豆腐、切り干し大根のおひたし、秋刀魚《さんま》半尾の焼き魚と香《こう》の物、蜆《しじみ》の味噌汁となかなかの菜になった。

汀女もおりゅうも働いているために、夕餉が遅かったり早かったりとまちまちだ。汀女の用意した牡蠣豆腐の材料は山口巴屋の賄《まかな》いの残りだろう。

今日はふたつの身内が寄り合って楽しい夕餉になった。

おりゅうも呑める口、汀女も最初の一杯を付き合い、あとは幹次郎とおりゅうが差しつ差されつの酒になった。

おきちはなにも言葉を発しないが、四人で食べる夕餉を楽しんでいるように思えた。そのおきちが話の合間に口を開いた。

「姉ちゃん、お侍さんと若親方の駒床に行った」

「そうだってね、駒吉さんは元気だったかい」

「若親方は元気」

ふたりの姉妹は甚五郎親方の息子の駒吉とは兄弟姉妹のように育ったらしく、まるで兄弟の近況を話すように話し合った。

「親方も立派なら若親方もなかなかの好漢《こうかん》じゃな」

「先代以来の付き合いだもの、身内同然よ。それに、のろまなおきちを奉公させてくれるとこなんて花川戸の親方のところくらいしかないもの」

「いや、それがな、おりゅうさん。花川戸でも横川でもおきちは重宝《ちょうほう》されておるようだ。この娘がおるとな、だれもが気持ちが和むらしい。親方も朋輩も客もおきちのことが好きなのだ」

「それってなんでしょうね」

「若親方が、覚えるのは人の二倍はかかるがいったん覚えたら決して忘れない。その上、客の好みに合わせる術《すべ》も知っておると感心しておった」

「姉の私とはまるで正反対の気性でしょ、小さいころからいらいらさせられ通しだけど、おきちったら平気の平左《へいざ》なの」

「殺伐《さつばつ》としたご時世ではな、おきちのようにのんびりとした気性の娘は貴重なのかもしれぬ」

幹次郎が言い、空《から》になったおりゅうの杯《はい》を満たした。

「なにか分かったの」

「おきちは見てはならぬ娘を見ていた。だが、須崎屋の連中はおきちがすべてを知ったと誤解しておるようだ」

前置きした幹次郎は、おきちといっしょに歩いた横川から源森橋の騒ぎまでをざっと語った。

「おきちさんが見た娘は何者です、幹どの」

「姉様、それは未だ分からぬ。じゃが、須崎屋め、おきちのことを放っておけばよいものを、吾助やら浪人者を遣わすゆえ、馬脚《ばきやく》を現わしおった。源森川の船宿は、尋常な商いではなさそうだ」

「おきちが見た娘と関わりがあるのね」

「おりゅうさん、ある。ひょっとしたら幼い娘を大尽やら大身旗本やら坊主などに人身御供《ひとみごくう》に差し出しているのかもしれぬ」

おきちが幹次郎の言葉に驚きを見せたが、なにも言わなかった。

髪結床で奉公していれば客からいろいろな話を聞かされる。まして、甚床の女職人は吉原出入りだ。人一倍耳年増になるのは致し方ない。

おきちはぴらぴら簪の娘がそのような秘密の務めを負わされているとは考えなかったようだった。むろん幹次郎の考えも推量に過ぎなかった。ともあれ、おきちの童女のような顔とはそぐわない話だった。

「神守様、吉原と関わりがあるんじゃない」

「そういうことだ。南町の同心どのにも助勢を願っておる。そのうち、暴いてみせる」

「幹どの、吉原会所と名乗られたのでしたね」

と汀女が尋ねた。

「いささか口が滑《すべ》ったかのう、姉様」

「いずれ知れることです。ですが、今夜はおきちさんをうちに泊めたほうがようございませぬか」

「尾けられた気配はなかったが、用心に越したことはないか」

「汀女先生、そりゃ、こちらに迷惑よ」

「私どもは吉原というひとつ身内です。困ったときは相身互《あいみたが》いです」

「姉ちゃん、いつお店に帰れるの」

おきちがそのことを案じた。

「三、四日すれば目途《めど》が立とう。それまでの辛抱だ。昼間、独り長屋に残っているのは危ない。また退屈であろうし、どうしたものか」

「昼間は私がおきちを連れて仕事に出ます。おきちもそれなら退屈はしませんよ」

「わたし、姉ちゃんと働くのか」

どこかほっとした様子を見せた。

おきちを二階に寝かせ、幹次郎と汀女は階下に床を敷いた。

「姉様、昨夜はつい忘れておったが、四郎兵衛様に連れられて浅草田町の立派な一軒家を見せられた」

「私も玉藻様からお聞き致しました。私どもにはいささか贅沢《ぜいたく》過ぎるお話でございます」

「お断わり致そうか。じゃが……」

「どうなされました」

「四郎兵衛様はわれらが断わったら空き家にしておくまでと申された」

「それもまたなんとも勿体ないことにございますな。家は人が住まねば傷《いた》みます」

「で、あろうな。秋の日差しを浴びて柘榴の実が美しく輝いておった。それに浅草田圃が望めて、なんとも爽快《そうかい》な気分の家ではあった。じゃが、かような長屋暮らしも捨てがたいでな」

「一度私も見てみとうございます」

「お断わりするのは、それからでよいか」

なにか考えがあるのか、汀女が幹次郎に頷き返した。

三

おきちは姉のおりゅうの道具箱を抱えて初めて吉原の大門を潜り、遊女たちの髪結を手伝った。

客との後朝《きぬぎぬ》の別れのあと、遊女は一刻半（三時間）か二刻（四時間）ほど四つ（午前十時）まで二度寝する。客といっしょの床で心が休まるわけもない。遊女にとって二度寝が独り寝する唯一の安息だった。

四つ時分に起きた遊女は朝湯を使い、朝餉を食して昼見世のために髪を整える。髪結が呼べるのは中級以上の遊女だ。限られた時間で手際よく髪を結い直す女髪結の手際と集中力は、まるで神業《かみわざ》だ。

おきちにとって吉原での姉の手わざは驚きの連続であったらしい。姉には妹を叱る暇もない。おきちは茫然と姉の手際を見ているしかなかった。

昼見世が始まったあと、おりゅうとおきち姉妹が会所に立ち寄った。

いつも無口なおきちがいよいよ無口になり、茫然自失《じしつ》の表情をしていた。

「おきち、疲れたか」

幹次郎の問いにがくがくと顔を縦に振った。だが、なにも言わない。

「姉様といっしょに働くのはどうだえ」

番方の仙右衛門も訊いたが、こんどは顔を横に激しく振った。

「番方、おきちはまず吉原では無理ですね。限られた時間の中で何人もの女郎衆の髷《まげ》を整え直すなんて、この子が年季を積んでもまずできはしませんよ。持って生まれた気性なんてそう変わるはずもないもの」

おりゅうが妹の才を半日で決めつけた。

「おりゅうさんよ、いささか厳し過ぎるな」

番方の仙右衛門が応じた。

「私は見習いでございい、姉の手助けです、なんて顔で吉原の髪結が務まるわけもない。四方八方に気を遣い、両手を常に動かしているくらいじゃないと、吉原の髪結にはなれません」

「おきち、甚床の親方の下で働くがいい」

おきちの気持ちを察していた幹次郎が慰《なぐさ》め、

「まあ、大門の内と外ではまるで違いますからね。世間知らずのおきちが驚いたのも無理はねえ」

仙右衛門もおきちを慰めた。

「神守の旦那も番方もえらくおきちに優しいよ。私らは遊女衆の引き立て方、陰でございますよ、目立っちゃいけない。初めて大門を潜ったとはいえ、おきちは甚五郎親方の下で何年も修業してきた身ですよ。それが手も体も動かないでは無理です」

「おりゅうさんよ、男のおれだって、初めて会所に奉公した日は驚きの連続でよ、仕事どころじゃなかったぜ」

小頭の長吉が昔を思い出し、苦笑いした。

「おれたちは遊女が美しいだの、好みだとか嘯《うそぶ》いているうちは半人前以下だ。大事な預かり物と思えて半人前、遊女衆にはふたつの顔があるのだと分かって一人前だからな。おきちの困惑が分かる気もするし、おりゅうさんの考えもまた正しかろう。なにごとも銭を頂戴するとなれば大変だ」

番方が漏らしたが、おきちはなにも言わなかった。

そんなことがあったあとも、おりゅうはおきちを連れて大門を潜り続けた。

幹次郎は、姉が妹に世間の厳しさを、身を以《もっ》て教えているのだと推量していた。

おきちは間違いなく甚五郎親方の下で一人前の女職人に育つだろう。だが、その前に鉄漿溝《おはぐろどぶ》と高塀に囲まれた廓の中で女郎衆が必死で生きている姿もあると、世間知らずの妹に見せたかったのだと考えていた。

そんな厳しい、だが、静かな日々が続いた。

その朝、下谷山崎町の香取神道流《かとりしんとうりゅう》津島傳兵衛道場に南町奉行所定町廻り同心の桑平市松が訪ねてきた。

道場の朝稽古は終わり、幹次郎は重田勝也らに眼志流の居合を教えていた。道場ではない、わずか二十坪ほどの庭先が稽古場だ。

勝也はようやく自らの剣の動きを止めることなく抜けるようになっていた。

「おお、なかなかの抜刀ではないか」

と満足げに漏らし、ふたたび鞘《さや》に納めた。

幹次郎が勝也の前、ほぼ互いの刀の柄頭《つかがしら》が接するくらいの間合で立った。

そのとき、桑平は庭の稽古に目を留めた。

会釈を桑平に送った幹次郎が勝也に命じた。

「この間合で抜いてみられよ」

「えっ、神守様、いえ、師匠、怪我をさせてしまいますよ」

「眼志流抜刀の本義は相手より早く抜き打つことにござる。間合が近いゆえ抜けんでは勝負になりませぬ。これまでの修行は無駄にござる」

「師匠を斬りつけてよろしいので」

「よろしい」

ならばと勝也が腰を沈め、抜刀の動作を素手で繰り返すと、

「よし」

と気合をかけ、幹次郎と正対《せいたい》して立った。

顔と顔が一尺五、六寸（約四十五～四十八センチ）しか離れていない。互いに目を見合った。

「いつなりとも抜かれよ」

幹次郎に宣告された勝也がはっ、と受けたが、幹次郎の静かなる眼光に動きを封じられたように竦んでしまった。

「どうなされた、そなたが抜かぬならばそれがしが先に仕掛ける。この間合では峰に返す暇はござらぬ」

「し、死にまする」

「死なれよ」

幹次郎の気迫の籠《こ》もった返答に、顔を歪《ゆが》めた勝也が、

「畜生！」

と叫びつつ、だらりと垂らしていた右の拳《こぶし》を刀の柄に走らせた。

幹次郎は不動のままに勝也の目の動きを見ていた。

はっ
と気合を入れ直した勝也が抜き上げようとした。その刃が三、四寸（約九～十

二センチ）鞘の外に出た瞬間、気配もなく幹次郎の手が動き、
すいっ
と抜き上げた柄で勝也の抜き上げようとした柄を押さえて動きを止め、その直後に勝也の下半身に冷気が奔《はし》った。

腰が抜けた。だが、崩れ落ちることもできず、ただでくの坊のように突っ立っていた。

勝也は見た。

幹次郎はその場を動くことなく、浅草東仲町の研ぎ師が無銘ながら、

「豊後の刀鍛冶行平の若いころの作刀」

と見た長剣が右手にあった。両目は立ち竦む勝也の目から一瞬たりとも離していない。

あああっ
と悲鳴を漏らした勝也が腰からその場に崩れ落ちた。

「本日はこれまで」

幹次郎がふたりの対決を見ていた若い門弟衆に言い、豊後行平を鞘に納めた。

四半刻後、幹次郎と桑平市松は新寺町通りを東に向かって歩いていた。

「そなたを敵にするようなことは決してせぬ。世間では万が一を期待して勝負に出る者もおるが、それは愚か者がなすことだ」

「若い衆を相手の稽古にございます」

「眼志流は加賀《かが》一円に伝わる居合術と聞くが、神守幹次郎どのの工夫が加えられておるようだな」

「それがしのことはようございます」

「須崎屋八郎右衛門が一件か」

「はい。なんぞ分かりましたか」

「やはりあやつの父親は肥前長崎と江戸を往来する千石船《せんごくぶね》の船頭であったそうな。今から十年前、難破して大損を出したとか、船主も荷主も潰れた。このことは過日話したな」

「お聞きしました」

「八郎右衛門は、父親の配下としてその船に乗っていたはずじゃが、ああして生きておる。当人は、立ち寄った摂津《せっつ》で急な病のために下りたのが幸いしたと知り合いに言うておるそうな。奴だけが生き残って江戸に戻り、須崎屋をそっくりと買い取った」

「難破ではのうて、船ごと荷を八郎右衛門が横取りしたのでござろうか」

「あいつが江戸に戻ってきて、須崎屋を屋号、店ごと買い取ったとき、さような噂が流れたそうな。今も長崎と須崎屋に関わりがあることはたしか。奴らは長崎から着いた船を佃島《つくだじま》沖に停泊させ、抜け荷《ぬに》を運び込んでいるようだ」

「長崎から江戸へ運ぶ抜け荷はなんでございますな」

「清国《しんこく》でいう阿片《あへん》、すなわち阿芙蓉《あふよう》という噂もある。ご禁制《きんせい》の抜け荷よ。ともあれ、須崎屋八郎右衛門の背後には御城の大物が控えておる。城中のあちらこちらに金子をばら撒《ま》いておるのはたしか、だれもが火傷をしとうないで、見逃しておるのだ」

「桑平市松どのはどうなされますな」

「それがしは一介の定町廻り同心じゃぞ」

「須崎屋八郎右衛門をいきなり揺さぶると城中の大物が出て参られますか」

「姿は見せまいが、奉行のところに耳打ちがいくな。となれば、一代かぎりの年季奉公の同心など、塵芥《じんかい》のようにどこぞに吹き飛ばされるわ。その折りは吉原会所が引き取ってくれるか」

「桑平どの、それがしは会所の雇人ですぞ。さような力はござらぬ」

「ふっふっふ、七代目もそなたの力を頼りにしているそうではないか。浅草田町の寺町近くに小体な家をそなたら夫婦に与えるほどに信頼が厚い」

「桑平どの、どこからさような話を耳にされました」

「裏同心どの、それがし、定町廻りの同心じゃぞ。耳聡《みみざと》くなければ務まらぬ。話はでたらめか」

「いえ、過日、四郎兵衛様からその家を見せられました。じゃが、われら夫婦には贅沢過ぎると思うております」

「断わったか」

「いえ」

「七代目の厚意は黙って受けておかれよ。そなたら夫婦はそれに勝る仕事を務め上げておる」

「ご助言承《うけたまわ》っておきます」

と受け流した幹次郎は、おきちといっしょに本所松倉町の駒床を訪ねた話を告げた。

「やっぱりおきちは相手が気を高ぶらせるような行動を取っていたか。そなたらの陽動《ようどう》で馬脚を現わしたな」

「おきちが見ていたのは夕焼け空であり、水面《みなも》に映る灯りでございましたので、なにか意図があったわけではありません」

「だが、須崎屋ではそうは考えなかった。横川と源森川の二か所で見かけた屋根船の動きをおきちが調べておると気を回して、吾助を花川戸の甚床に送り込んできたわけじゃやな」

「まあ、そのようなところかと」

「屋根船の幼い娘の生き血を吸いよるのはどこのどいつか」

「桑平どのもその娘が売りものと考えられますか」

「他になにが考えられる。世間にはそなたやそれがしのように年相応の女子がよいという男ばかりではないでな。男が好みという者もあれば、相手は女じゃが、相撲《すもうと》取りのごとき太った女がよいという者もいる。また未だ女になり切らぬ幼女しか感じぬという者もおる。おそらくぴらぴら簪の娘は須崎屋の客の人身御供、一夜にして須崎屋八郎右衛門の懐には何十両という大金が転がり込む仕掛けであろう」

と言い切った。

「ところでおきちはどうしておる」

「わが長屋に引き取り、昼間は姉について吉原の遊女の髪結の手伝いをしております」

「まさか須崎屋はおきちをさような人身御供にと考え、手を出してきたのではあるまいな」

「おきちは十七歳にございますが、どちらかというと三つ四つは幼く見えます。それにしてもまさかとは思いますが」

「そなたらの取った措置《そち》、的確かと思える。それにしても吉原会所の仕事も多岐《たき》にわたるな。あまりわれらの務めを侵すでないぞ、裏同心どの」

「おりゅうは吉原の髪結、おきちの奉公先の甚床は吉原に女髪結をふたり出しておる髪結床、おきちは吉原の身内にございます」

「分かっておる」

と応じた桑平が、さてどうしたものかと思案するように顎を撫《な》でた。

「桑平どの、須崎屋の足元から崩していきませぬか」

「屋根船が寄る船宿でなにが行われておるか、現場を押さえると申されるか」

「はい」

「うちは非番月ゆえ人は出せぬぞ」

ふたりの話しながらの歩きは、他の者を次々に追い越していくほどの速足であった。

桑平は定町廻り同心として江戸の町を歩き慣れ、幹次郎も吉原の内外を歩き回って健脚だった。

「幼き娘がそのような色好みの大尽方に差し出されるのであれば、御免色里の吉原は見逃すわけには参りませぬ。船と人は会所で用意できるように頭取にお願い申します」

「よし、日取りが決まったら知らせてくれ。それがしはそれまで非番月の役目を務めることに致す」

「相分かりました」

ふたりは東本願寺《ひがしほんがんじ》の辻で二手に分かれた。

幹次郎は東本願寺の長い塀を東に、さらに浅草田原町《たわらまち》の辻で北に曲がり、広小路へと入っていった。

雷《かみなり》御門《ごもん》前で一瞬、浅草並木町《なみきちよう》の料理茶屋山口巴屋に立ち寄っていこうかと考えたが、やはり吉原会所に戻るのがよかろうと浅草寺寺中の参道に身を入れた。

すると向こうから地味な縞《しま》模様ながらすきっとした形の知り合いが歩いてくるのに目を留めた。

身代わりの左吉《さきち》だった。

このところ左吉に会っていなかった。とすると、どなたかに代わって小伝馬町の牢屋敷にしゃがんで本業に精を出していたか。

左吉は風変わりな職を持っていた。奉行所に狙われるようなことをなしたお大尽や大商人の身代わりで小伝馬町の牢屋敷に入るのだ。むろん、殺し、強盗、破《は》廉恥《れんち》な所業などではない。軽い罪の身代わりが主だ。

「おや、神守様、しばらくでございますね」

「まさか会所を訪ねられたのではございますまいな」

「いえ、久しぶりに娑婆《しゃば》に出て参りましたのでな、浅草寺にお参りして身を浄《きよ》めたところでございますよ。神守様は剣術の稽古の帰りにございますか」

「いかにもさよう、武骨《ぶこつ》な道楽です」

ふっふっふ

と声もなく笑った左吉が、

「刻限も刻限、この界隈で付き合《お》うてはくれませんか」

と右手の親指と人差し指を杯のかたちにして口に持っていく真似をした。

ふたりが入ったのは浅草寺寺内の飯屋と酒場を兼ねた店だった。参道から少し裏に外れているので参詣人より地元の働き手が贔屓《ひいき》にする店だった。

注文は左吉に任せた。

「なんぞ思案げな顔つきでしたな」

左吉が、会った瞬間の幹次郎の顔色から心中を言い当てた。

酒とつまみが直ぐに運ばれてきた。

幹次郎はまず左吉の杯を満たした。そして、自分の杯には七分目に注《つ》いだ。

左吉が口の前に杯を運び、香りをしばらく楽しむように嗅いでいたが、きゅっと、喉を鳴らして呑んだ。

幹次郎は新たな酒を注いだ。

「お勤めを済ませたばかりの左吉どのに申し訳ござらぬが、浅草寺で会ったのがもっけの幸いにございます」

と前置きして横川中之郷町の船問屋須崎屋八郎右衛門の話を酒の酌の合間に告げた。

「川向こうの船問屋須崎屋ね。牢屋敷でも評判がよくねえ野郎ですぜ」

「肥前長崎と江戸を往来する船の船頭だった親父の下で働いていたそうな、難破騒ぎでひとりだけ助かり、その数年後には横川町の須崎屋を買い取った」

「難破に遭ったのは虚言《きょげん》にございましょうな。ともかくあやつひとりが助かり、船と荷を手に入れて、江戸で船問屋を買い取る金を作った。こいつのほうが話の筋が通る」

「親父はどうしたのであろうか」

「親父も始末したというのがもっぱらの噂、牢屋敷の話はなんでも大仰《おおぎょう》にございますがな、須崎屋に関してはどうやら正鵠《せいこく》を射ておるようでございますよ」

「左吉どの、須崎屋は源森川に小洒落《こじゃれ》た船宿を構えておるが、こちらの商いの実体を知らぬか」

おきちが見聞した話や、昨日待ち伏せされた事実を告げた。

「船問屋ばかりか船宿までも持っておりますか。なかなかのやり手ですな」

「おきちが見たぴらぴら簪の娘は、客の注文で須崎屋が用意した娘と思われますか」

「まず間違いございますまい。となると吉原では黙っていられませんな」

「吉原会所は廓内のことばかりではのうて、さような不届《ふとど》きな商いをなす輩《やから》を密かに取り締まるためにもあるのですからな」

「そして、神守様の出番となる」

「はい」

「須崎屋のせいで酷い目に遭った男を承知しています。これから牢仲間と会《お》うて参ります。なんぞ話があれば会所に伺いますよ」

と左吉が幹次郎に請け合ってくれた。

四

この朝もおきちはおりゅうの供をして吉原の大門を潜っていた。

おりゅうの出入りの大見世の石亀楼《いしがめろう》にはそれなりの売れっ妓《こ》の振袖新造《ふりそでしんぞう》がふたりいて、毎朝呼んでくれる。他に中見世を数軒抱え、限られた刻限に五、六人の遊女の髷を結い直した。

石亀楼の振新《ふりしん》は、部屋持ちゆえ二階座敷で仕事をした。おきちは木桶に湯をもらいに裏階段から一階広間に下りた。畳敷きから板の間へと繋がり、竈がいくつも並んだ見通しのいい土間には大勢の男女がいた。

湯上がりの番頭《ばんとう》新造が禿を叱りつけ、男の髪結が部屋持ちでない振新の髷を結い直し、年季の入った番新《ばんしん》は自ら髷を直したり、朋輩同士で手を入れたりしていた。

その間に台屋《だいや》の若い衆が昨夜届けた料理の台を下げに来たりした。台屋は、喜《き》の字《じ》屋とも呼ばれ、楼に出入りする仕出し屋だ。

吉原の妓楼では客の料理は作らない。台屋から取る。

台の物は縁起《えんぎ》ものの鶴亀、松竹梅を飾りつけ、一見豪奢に見えたが味はそれほどでもなかった。吉原の客は呑み食いが目的ではない、遊女と一夜を共にすることが目的だった。不味《まず》い料理が一分《ぶ》もした。

台屋は、脚付き膳を頭の上に載せて運んできた。

一夜明けた膳の上の料理は、遊女と客がかたちばかり箸をつけ、無残な姿になっていた。そんな膳から番頭新造や禿が食べられそうなものを皿に取り分けて、飯と味噌汁だけの昼餉の菜にしようとしていた。

男衆の怒鳴り声が響いて、早く飯を食うよう遊女たちを急き立てており、まるで戦場《いくさば》のような大見世の一階だった。

おきちは台所の女衆に湯をもらい、禿たちの好奇《こうき》の眼差しを避けて二階座敷に戻った。

世間には表もあれば裏もある。そんなことはおきちとて察していた。

だが、初めて吉原の楼の裏側の暮らしを見せられたとき、おきちは衝撃を受けた。

甚床の客たちが噂し合う吉原のよの字も感じられなかった。ただ、けなげにも必死で生き抜こうとしている年若い禿や年季明けを前にした年増女郎たちの狡猾そうな視線に身を竦ませた。

(これが男たちの夢の吉原なのか)

姉のおりゅうはおきちの驚きを察していたが、次から次へと用を命じるだけでなにも口にはしなかった。そうすることでおきちの考えを仕事に集中させようとした。

中見世の一軒ではどのようなしくじりをしたのか、遣手《やりて》と男衆から折檻《せっかん》を受けている振新が泣きながら許しを乞う姿を見せられた。

なんとも凄《すさ》まじい姿だった。二日目三日目と過ぎるうちに慣れるどころか、大門を潜ることがおきちの苦痛になっていた。

花川戸の甚床に戻りたいと強く思った。親方とか朋輩衆といっしょに馴染の客たちの頭をあたる暮らしがどれほど幸せかよく分かった。

おきちは、この日、姉に頭が痛いと訴えた。

昼見世前のひと仕事を終えて仲之町《なかのちょう》を大門のほうに向かっているときだ。

面番所の前にだらしなく着流しに羽織を着た役人がいて、顎の無精髭を撫でていた。

「おりゅう、それがしの髭をあたってくれぬか」

「村崎の旦那、五十間道には床屋がございますよ。私の朝仕事はおしまいです」

「そなたが連れておるのは妹じゃそうな」

「はい、妹のおきちにございます」

「吉原出入りの髪結にするつもりか」

「いえ、ちょいと曰くがございまして、今は私と暮らしているのです。ふだんは花川戸の甚床に奉公しています」

「なに、甚五郎の弟子か。ならば剃刀くらい使えよう」

「姉がだめなら妹にただ働きさせようという魂胆ですか」

「なにごとも経験じゃぞ」

村崎同心が本気とも冗談ともつかぬ口調で姉妹に迫ったとき、幹次郎が五十間

道から大門へと入ってきて、

「村崎どの、面番所は他の者に任せて外の床屋に参られてはいかがです」

「おやおや、裏同心どのは相変わらずの遅出《おそで》か。よい身分じゃのう」

と応じた。

幹次郎はそれには答えずおきちの暗い顔色を見て、

「おりゅうさん、外で〈竹村伊勢《たけむらいせ》〉のあんころ餅《もち》を買ってきた。会所に寄って茶を飲んでいかぬか」

と姉妹を会所に誘った。

〈竹村伊勢〉の前身は、吉原の江戸町《えどちょう》二丁目角の〈万屋太郎兵衛《よろずやたろべえ》〉と言われ、この〈万屋〉がのちの〈竹村伊勢〉となって五十間道で菓子舗《ほ》を出し、人気を呼んで財を成した。

「あんころ餅ですか、美味《おい》しそう」

おりゅうがおきちをちらりと見て、

「そうですね、面番所では茶なんぞ呼ばれたことはございません。会所に寄らせてもらいましょうか」

と道具箱を提げたおきちを伴い、幹次郎に続いて会所の敷居を跨いだ。

会所の中は見廻りの最中かがらんとしていた。土間には大火鉢に炭が熾《おこ》り、鉄瓶がちんちんと鳴っていた。

おりゅうは土間の隅に用意された茶道具から茶筒、急須《きゅうす》、茶碗を出し、手際よく茶を淹れた。

「おきち、あんころ餅を食べよ」

幹次郎はおきちに勧めた。

「有難うございます」

あんころ餅に手を伸ばしかけたおきちが尋ねた。

「神守様、吉原にはいつまでいることになりましょうか」

「甚床に戻りたいのか」

幹次郎の問いにおきちが頷いた。

「おきち、だれのために神守様方が走り回っておいでなんだよ。おまえの身を思ってのことじゃないか」

姉が妹を叱りつけた。

「おりゅうさん、甘やかす気はないが叱らんでくれ。おりゅうさんとて吉原で仕事を始めたとき、驚いた記憶はないか。おきちは今、吉原の暮らしをどう理解してよいか、頭が混乱しているのであろう」

「それは分かりますけどね」

姉が不承不承《ふしようぶしよう》頷いた。

「おりゅうさん、おきちを夕刻の仕事の刻限までそれがしに預からせてもらえぬか」

「どこぞに連れ出すのでございますか」

「いや、大門から出ぬで、安心なされ」

思案していたおりゅうが幹次郎に頷き、あんころ餅を食し、茶を喫してご馳走様でしたと言い残すと、独りで会所の外に出ていった。

おきちは、使った茶碗や急須を土間の裏手に運び、洗っていた。そこへ見廻りの金次らが戻ってきて、

「神守様、珍しいね。あんころ餅を前にしているなんて」

「髪結のおりゅうさんを会所に呼んだところだ。残りはそなたらが食せ」

「有難え。台所で洗いものをしてるのがおりゅうさんか」

「いや、妹のおきちだ」

というところにおきちが姿を見せて、ぺこりと頭を下げた。

「それがし、おきちといっしょにちと訪ねたいところがある。金次、あとで頼みたいことがあるから、会所で待っていてくれぬか」

幹次郎は金次に言い残すと、おきちを会所から連れ出した。

ふたりが向かった先は天女池《てんにょいけ》だ。

この刻限、薄墨太夫が池の端に安置されたお六地蔵《ろくじぞう》にお参りに来る刻限と幹次郎は承知していた。三浦屋の薄墨が昼見世に出ることはまずない。薄墨の務めは夜見世だった。

はたしてひとりの禿を連れた薄墨が、武家女のような薄化粧で江戸小紋をきりりと着てお参りしていた。禿の小花《こはな》が幹次郎に気がつき、薄墨に幹次郎の到来を告げた。薄墨が振り向き、

「神守様、どうなされました」

と娘連れの幹次郎を不審がった。

幹次郎はおきちが女髪結おりゅうの妹であることを告げ、この数日、姉の供で吉原に出入りしている経緯を説明した。おきちの顔色を見ていた薄墨が、

「おきちさん、吉原の暮らしに驚かれましたか」

と尋ねた。おきちはその女子が何者か分からない様子で幹次郎を見た。

「三浦屋の薄墨太夫じゃ。太夫は毎日、吉原に勤める朋輩衆や奉公人の体を案じてこの野地蔵に手を合わせておいでなのじゃ」

おきちでも薄墨太夫の盛名は承知していた。

「この方が、薄墨太夫にございますか」

茫然自失のおきちは、幹次郎から束の間本名の加門麻《かもんあさ》に戻った薄墨太夫へと視線を移した。

「おきち、だれしも好きで吉原の大門を潜るのではない。強《し》いられた暮らしの中で必死に生きておられるのは世間の人以上かもしれぬ。天下の薄墨太夫も素顔を持っておられることをそなたに知ってほしかったのだ」

幹次郎の言葉におきちはなにも答えなかった。

「太夫、明日は山口巴屋にて遊女衆に手習い読み書きを伝授する日でございましたな」

「はい。汀女先生もお出でです」

「おきちを一日弟子にしてくれませぬか」

「汀女先生にさえお許しを得られれば私は構いませぬ」

麻はなにか事情があることを察して了解した。

そのとき、蜘蛛道から金次が姿を見せた。最前とは血相《けっそう》が変わっていた。

「太夫、失礼します」

幹次郎から金次のほうに歩み寄った、御用だと思ったからだ。背中で麻がおきちに話しかける声がした。

「なにがあった」

「角町《すみちょう》の裏茶屋の〈みちゆき〉で小見世《こみせ》（総半籬《そうはんまがき》）の抱えが首を絞《し》められて死んでいるそうにございます、通いの女衆が会所に血相変えて飛び込んできたんで、番方はすでに向こうに行っておいでです」

「直ぐに参る」

と返答した幹次郎は、

「おきちを頼む。夜見世まで姉のおりゅうさんからそれがしが預かったのだ。おりゅうさんの手に渡すまではぴたりとおきちといっしょにいてくれぬか」

「分かりました」

幹次郎は麻ら三人のもとに戻った。

「おきち、急用が生じた、廓の中だ。おきちにはあの者が従うゆえ、決して独り歩きをしてはならぬぞ」

幹次郎の視線が麻に向けられた。

「神守様、私らのことは案じなさいますな」

麻が言い、会釈した幹次郎は天女池の野地蔵前から揚屋町《あげやちょう》と京町《きょうまち》の辻に向かって蜘蛛道を走り出した。

角町の木戸門を潜り、左手に口を開いた蜘蛛道の奥に出合《であい》茶屋〈みちゆき〉があった。

出合茶屋とは男女が密会する宿のことだ。不忍池《しのばずのいけ》の周りが名高く、何十軒も集まっていた。

遊女三千とも五千とも数えられる吉原にも出合茶屋はあった。わずか二万七百余坪の土地に遊女を支えていろいろな職種の男女が万余《まんよ》も暮らしているのだ。吉原では裏茶屋と呼ばれ、揚屋町に数軒、角町に四軒、京町二丁目裏に一軒あった。

遊女とて生身の人間だ。意に染まぬ客ばかりを相手にしていると欲求不満が募《つの》る。その性のはけ口に裏茶屋が利用された。むろん各妓楼では抱え女郎が裏茶屋に出入りすることには神経を遣った。廓内には女郎ではない女衆も何千人といた。また相手は吉原出入り

の幇間《ほうかん》、妓楼、引手茶屋、船宿の男衆、小間物屋、貸本屋、髪結、太神楽師《だいかぐらし》など
いろいろな職種の男であった。これらの者たちは吉原の仕組みをよく承知してい
た。吉原の関わりの者ゆえ客として登楼することは控えねばならない者たちだ。
そこで人目をはばかる男と女が裏茶屋で密会した。

角町の裏茶屋〈みちゆき〉もそんな一軒だ。

蜘蛛道の入り口に小さな掛け行灯《あんどん》が掛けられ、桐《きり》の紋が描かれていた。裏茶屋
があるという標《しるべ》だった。

蜘蛛道を二十余間（四十～四十二メートル）ほど入った奥に、長さ半間（約九
十センチ）ほどの半暖簾が掛けられ、暖簾を潜ると水が打たれた石畳があって、
さらに二坪ほどの坪庭があった。石の手水鉢《ちょうずばち》にはちょろちょろと水が流れてい
た。目立たない造りながら吉原に関係する男女に密会の場を提供するにふさわし
い小粋《こいき》な造りになっていた。

「御免」

と幹次郎が声をかけると、

「神守様、こちらで」

狭い廊下の向こうから小頭の長吉の声がした。

幹次郎は大刀を腰から抜くと手に持ち、奥へと廊下を通った。

表口脇の坪庭に沿って廊下を曲がると、その奥に人の気配がした。幹次郎と代わるように長吉が裏茶屋から外へと出ていった。検視《けんし》の医師を呼びに行ったのかと幹次郎は考えながら、

「遅くなった」

と声をかけて座敷に入った。

四畳半に一間半（約二・七メートル）の床の間がついた座敷に布団が敷かれ、緋縮緬《ひぢりめん》の湯文字《ゆもじ》を乱した女がくの字になって横たわっていた。その傍らに仙右衛門が膝をついて検分しており、座敷の隅に憮然《ぶぜん》として面番所の隠密廻り同心村崎季光がのっそりと立って、

「裏同心どの、殺された女は伏見町《ふしみちょう》の小見世、鶴亀屋《つるかめや》抱えのおそめじゃそうな。この裏茶屋は初めてではない。幇間の一八《いっぱち》が相手らしいというで、直ぐに捕まろう。まあ、大門の外に逃れる魂胆なればわしが引っ捕らえてくれん。あとの始末は番方、裏同心どのに願おう」

この一件では一文《もん》の銭にもならぬとみたか、村崎同心は狭い座敷から逃れるようにさっさと面番所に戻っていった。

「一八が出入りする見番《けんばん》に小頭を訊きに行かせております」

「その幇間がこの女子を縊《くび》り殺したのであれば、すでに吉原の外に逃げておりませぬか」

「でしょうな」

幹次郎も番方の傍らに膝をつき、おそめの首筋に指を当てて体温を確かめた。まだ温《ぬく》もりが残っていた。両手で首を強く絞めたようで紫色の跡がはっきりと残っていた。

「この者がこの家に入ったのは何刻《なんどき》でござろうか」

「裏茶屋の主は、四つ半の頃合いと言うております」

「昼見世を休んでまで一八にのめり込んでおったか」

「そこがね」

仙右衛門が首を捻った。

「一八は幇間の中でも芸達者でしてね、客筋も悪くない。伏見町の小見世の抱え女郎と裏茶屋で忍び逢うものかってね、ふと考えたんでございますよ」

「男と女の間ばかりは計り知れぬのではないか、番方」

「へえ、全くその通りですがね」

仙右衛門が言うところに、なんと当の一八と長吉が姿を見せた。一八の右手は添え木が当てられ白布でぐるぐると巻かれていた。

「おれが殺した相手たあ、だれですね」

「一八さん、おめえは」

仙右衛門が言葉を途中で呑み込み、長吉を見た。

「番方、一八さんは関わりねえや。今朝方、階段から足を滑らせて腕を折ってよ、柴田相庵先生のところに担ぎ込まれて手当てを受けていたそうな、最前ようやく見番に戻ったところだ。証人《あかびと》は見番の小吉《こきち》父つぁん、それに相庵先生、お芳さんと事欠きませんがね。もっとも未だ相庵先生にもお芳さんにも確かめてはございません」

「当のおれが言ってんだ、間違いねえ。番方、おれの相手は一体だれだえ」

「伏見町の小見世鶴亀屋のおそめって抱えだ」

「やめてくんな、そんな女郎も知らなきゃ、伏見町の鶴亀屋なんぞ敷居を跨いだこともないよ」

一八が言い切った。

「おれがこの女郎と裏茶屋なんぞで忍び逢ったと、どこのだれが言ったんだえ。

訊きたいものだね」

「この家の主だよ」

「驚いた。こんなところに裏茶屋があったのも知らないくらいだ。主ってのはだれだえ」

「五十間道の裏手にある口入屋《くちいれや》小杉屋《こすぎや》の元亭主惣三郎《そうざぶろう》ってんだがね」

「なに、番方、この裏茶屋は惣三郎の持ち物かえ」

「承知か」

「あいつ、遊び人でさ。昔はおれと同じ男芸者を目指した仲よ。たしか五十間道裏の口入屋の後家《ごけ》を騙《だま》して家に入り込んだはずだ、吉原で裏茶屋まで間口を広げていたのか。で、どこにいるんだえ、惣三郎はよ」

「小頭」

仙右衛門が叫ぶとほぼ同時に長吉が帳場に飛び込んでいったが、もぬけの殻《から》だった。

その日の夕暮れ前の吉原会所にはどんよりとした空気が漂っていた。

角町裏の裏茶屋で客のおそめを両手で縊り殺したのは裏茶屋の主であり、五十間道裏の口入屋小杉屋の後家を口先で騙して入り込んだ元男芸者の惣三郎だった。

惣三郎は、会所に飛び込んで座敷で客の女が殺された、下手人《げしゅにん》と思われる相手は幇間の一八だと告げたあと、仙右衛門や長吉らを案内する風を装い、吉原の外へと姿を晦《くら》ましていた。

吉原出入りの口入屋の小杉屋では後家のお佳《よし》が惣三郎をいったん家に入れたが、女道楽が激しく、一年以上も前に離縁して家を追い出したと、訪ねていった長吉らに証言した。惣三郎はそのあと、裏茶屋を始めたようだった。

清掻の調べが始まり、夜見世が始まった。

「御免なさいよ、遅くなって」

なんともすっきりとしない夜見世の始まりだった。

髪結のおりゅうが会所に入ってきた。

「おりゅうさんか、ご苦労であったな」

と幹次郎が迎え、

「裏茶屋で女郎さんが殺されたって」

とおりゅうはすでに騒ぎを承知していた。そして、会所の雰囲気を察して、

「いろいろとあるよね、おきちを連れて私は先に長屋に戻ります」

「なに、そなたといっしょではなかったのか」

「えっ、会所に呼ばれたからって石亀楼からこちらに戻りませんでした」

「だれも呼んではおらぬはずじゃが」

幹次郎は辺りを見回した。だれもが裏茶屋の一件で走り回っていた。

夜見世前の仕事に来たおりゅうに妹のおきちを戻したあとのことはだれも知らなかった。

「おきちったら、甚床に戻ったのかしら」

「おりゅうさん、それがしが確かめに参る」

「私も行くわ」

幹次郎とおりゅうは会所から飛び出していった。

第三章　横川の抜け荷問屋

一

幹次郎とおりゅうは、浅草田町の左兵衛長屋に立ち寄り、おきちが戻った様子がないことを確かめたあと、花川戸の甚床を訪ねた。だが、ここにもおきちの姿はなかった。

おりゅうが、

「どうしよう」

と呟くと、どたりと小上がりに腰を落とした。

甚床では店仕舞いして客はおらず、職人たちが後片づけをしていた。

だれもがおりゅうの尋常ではない表情を黙したまま見つめていた。店の気配を

察したか、奥に入っていた甚五郎が姿を見せて、

「なにがあったえ」

と声を発し、幹次郎とおりゅうに気づいて立ち竦んだ。

「な、なにが起こったんだ、おりゅう」

甚五郎親方が独り立ちした弟子に尋ねた。

だが、おりゅうは甚五郎の言葉が聞こえないのか、ただ茫然として虚《うつ》ろな目を土間に落としていた。

「親方、申し訳ない。おきちの姿が消えたのだ」

「旦那、消えたってどういうことだ」

幹次郎は夕暮れ前に起こった騒ぎの中でおきちが忽然《こつぜん》と姿を消したことを説明した。

「だってよ、吉原は女が外に出ることには厳しいところじゃねえか。だれも見てねえのか」

「親方、おきちが私の妹で髪結だって会所の方も面番所の役人方も承知しています。おきちがその気ならば大門の外に出ることはできます」

「おりゅう、おきちはどこに行こうとしていたんだ」

「親方のところです。おきちには吉原は向いていませんでした。女郎衆の暮らしにびっくりして甚床に帰りたがっていました。それを私が……」

おりゅうは不意に言葉を切った。

「じゃあ、おきちは自分の考えで吉原の外に出てうちに向かったんだな」

「そうだと、思います。おきちはここに帰ることしか頭になかったと思います」

「ならば、そのうち戻ってこねえか」

と少し安心した口調で甚五郎が言い、小上がりに腰を下ろした。

「親方、われらは左兵衛長屋に立ち寄り、こちらに参ったのだ。途中で追い抜いたということであろうか」

「会所の旦那、おきちはなんでも人一倍時を要する娘だよ。なんぞ夢みてえなことをよ、考えながらぷらぷらぷらとこちらに向かって歩いているよ」

「おきちは自分が狙われていることを十分に承知しておる。ゆえに姉のおりゅうさんのところに身を潜めたのだ。夕間暮《ゆうまぐ》れ、こちらに戻るとしたら、人通りの多い土手八丁から御蔵前通りを辿って帰ってこよう。ゆっくりと歩いたとしても、もう帰ってなければおかしい」

幹次郎の言葉に後片づけを終えていた職人のひとりが、

「親方、おれたち、おきちが立ち寄りそうな場所を探してみようか。なあ、おい、手分けして探しに行くぞ」

と仲間たちに呼びかけて外に出ていった。昔朋輩だった仲間におりゅうが小上がりから立ち上がって頭を下げた。

甚床に幹次郎、甚五郎、おりゅうの三人だけが残された。

「おきちにはやっぱり吉原は向かなかったか」

甚五郎がぽつんと漏らした。

「おきちは十七になったんだし、少しは世間を見せたほうがいいと思ったんですがね」

と姉が悔《く》いの言葉を吐いた。

「おりゅうさん、決してそなたの考えが間違っていたのではない」

幹次郎の言葉におりゅうが顔を上げた。

「昼見世の刻限、それがし、おきちを天女池に連れていき、薄墨太夫に引き合わせたのだ。太夫はあの刻限、天女池の野地蔵にお参りに行かれることが多いからな。素顔の太夫に会ったおきちは、新たな驚きを見せた。吉原に住み暮らしながらも、凛《りん》としている太夫の仕草や言葉にただ言葉をなくしておった。それがしにも天女池で会う折りは薄墨ではのうて、加門麻という本名で付き合うてくれと願っていた。武家の出の矜持《きょうじ》を忘れないためだ。おきちは太夫の人柄と貫禄《かんろく》に魅了されておった。そしてな、明日、山口巴屋で行われる手習い塾に出ることを太夫に約束したのだ。それがしの考えに過ぎぬが、おきちは吉原の知らない一面を知って、吉原の本当の姿は己の思っていたものといささか違うと悟り始めていたのだ」

「旦那、ならばなぜおきちは吉原から姿を消したんです」

「まさか吉原の中にいるってことはないよな」

おりゅうの言葉に甚五郎が応じた。

しばし幹次郎は考えた。

おきちが姿を消したと思える刻限は夜見世の始まりと重なり、大門の内外から待合《まちあい》ノ辻《つじ》、仲之町は馴染や素見《ひやかし》で賑わっていた。

「まさか吉原にはおるまい。おきちは姉さんの得意先の楼と会所しか知るまい。だが、いつ、どのようにして大門を抜けたか調べるべきであった。それがし、いささか慌て過ぎたかもしれぬ。こちらに戻っておると決めつけて、おりゅうさんを誘って飛んできてしまった」

「神守様、無理もないよ。おきちは花川戸に戻ることしか考えてなかったもの」

と姉のおりゅうが言った。

「待とう、待つしかねえ。おきちのことだ、そのうち、ふらりと戻ってくるよ」

甚五郎親方が己の吐いた言葉に縋《すが》るように言った。

三人はじいっと時が過ぎるのに耐えて待った。だが、おきちも探しに行った朋輩の職人衆も戻ってこなかった。

「どうしよう」

とおりゅうが呟いたとき、店仕舞いした甚床の前に人影が立った。

三人が顔を向けた。

吉原会所の金次だった。

「おきちが見つかったの、金次さん」

いいえ、と金次がおりゅうに返事をすると幹次郎に視線を向けた。

「おきちさんは面番所の村崎様に『姉さんの忘れた道具を長屋に取りに帰る』と言い残して大門を出たそうです。村崎様は何となくおきちさんの背を見送ったそうですが、その言葉通りの歩き方だったと言うておられました」

「そうか、おきちは少なくとも大門の外へ自らの考えで出たのだ」

「となると、もうこっちに戻ってきてもいい刻限ですよ」

おりゅうの言葉にまた焦《あせ》りが覗いた。

「神守様、どうしよう」

「おきちを探しに出た職人衆が戻ってくるのを待ちたい」

と応じた幹次郎は、

「裏茶屋の一件、どうなっておる」

「番方が、殺されたおそめのいた伏見町の鶴亀屋に出向きました」

「なにか分かったか」

「鶴亀屋の旦那も女将さんも、ここんとこ、おそめが独りで揚屋町の湯屋に出向くと思ったら裏茶屋なんぞに出入りしてやがったか、とかんかんに怒っていたそうです。それでおそめが殺されたと聞かされたら、三ノ輪《みのわ》の浄閑寺《じょうかんじ》でも聖天町《しょうでんちょう》の西方寺《さいほうじ》でも骸《むくろ》を投げ込んでくれ、と薄情なことを吐き捨てたらしいですよ」

と小声で幹次郎に説明した。

「おきっちゃん、帰ってきた？」

女髪結のおしまが戸口から尋ねながら戻ってきた。

「まだなの、おしまさん」

「そうか、まだか。手分けして表通りから裏通りと歩いたんだけど、私が訪ねた先には、おきっちゃんが立ち寄った形跡はなかったわ」

おしまが戻ってきたのを皮切りに次々に男職人たちが戻ってきたが、だれも首を横に振った。残るのはひとりだけ、女髪結ななみだ。

五つ(午後八時)前、ななみが黙って甚床に戻ってきた。

「だめか」

甚五郎親方が尋ねた。

「分かったわ。おきっちゃん、山谷堀で屋根船に乗せられたのよ」

「屋根船だと、どういうことだ」

その場にいる全員がななみを注視した。

「見返り柳と今戸橋の真ん中辺りに編笠茶屋の喜平屋《きへいや》があるでしょ。おきっちゃんらしい娘が通りかかったのを、茶屋の女衆がね、客を待ちながら見ていたのよ。そしたら、堀からだれかに呼ばれたらしく、娘がしばらく迷った風に立っていたけど、土手を下りていったんですって。知り合いに呼ばれたんだ、と思って女衆は茶屋を出て、土手八丁からふと堀を見下ろすと屋根船が今戸橋のほうに灯りも点さずに去っていくのが見えたんだそうです」

「川向こうの船問屋に攫《さら》われたんじゃないか、会所の旦那」

甚五郎が幹次郎に顔を向けた。

「まず間違いないところであろう。あとは任せよ」

幹次郎が小上がりから立ち上がった。

「おりゅうさん、このことを会所の七代目か番方に伝えてくれぬか。われら、横川の船問屋と源森川の船宿〈すざきや〉を調べるとな。それと南町の定町廻り同心桑平市松どのにこのことを伝えてくれとも言うてくれ。非番月ゆえ八丁堀の役宅におられるはずだ」

「神守様、後生《ごしょう》だからおきちを助けてくださいな、十七で死なせたんじゃ、あの世に逝《い》ったおっ母さんに言い訳が立たないわ」

「分かった」

幹次郎が金次に従うように命じた。

「会所の旦那。横川で夜中に探索するんじゃよ、うちの倅の駒床を使ってくだせいな。おきちがこんどの一件に巻き込まれたのは、横川へおれが出した使いの帰りにぴらぴら簪の娘をちらりと見たことがきっかけだ」

「親方、会所との連絡《つなぎ》に使わせてもらおう。おりゅうさん、そのことも会所に伝えてくれぬか」

幹次郎と金次は夜の御蔵前通りから吾妻橋を渡って本所へと向かっていった。


その刻限、番方の仙右衛門はふたたび伏見町を訪ねていた。

小見世には四人ほど女郎が張見世《はりみせ》していたが、素見の客も寄りつく様子はなかった。なんとなくおそめが殺された一件が楼に暗い影を投げて、その雰囲気が客を近づけなくしているのだろう。

「なんだい、番方、まだおそめの一件でなんぞあるのかえ」

鶴亀屋の主の亀左衛門《かめざえもん》が暖簾を潜った仙右衛門を見た。機嫌が悪いのは見え見えだった。

「旦那、おそめが揚屋町の湯屋に行く口実《こうじつ》で、昼見世前に独り抜け出ていたと言いなさったな」

「ああ、言いましたよ。湯屋なら伏見町にだってある。それをさ、伏見町の湯屋は濁っている、揚屋町のほうは湯が澄んでいるってんで、おそめはこの三月《みつき》くらい前から通っていたんですよ。まさか裏茶屋でそこの主と乳繰《ちちく》り合っていたとはね」

張見世の朋輩たちが聞き耳を立てている気配があった。

「湯屋に行くなら行くで、その形をしていたんじゃないかえ」

「うちは小見世だよ。禿なんぞ付けられると思うてか、番方」

「そうじゃない。洗い桶や手拭い、糠袋《ぬかぶくろ》、着替えはどうしたんだね」

「そりゃ、裏茶屋にあるだろうが」

「最前から何度も捜したんだ。だが、見つからないんだ」

「私に訊かれてもなんとも答えられないよ」

「あとで朋輩に訊こう」

「商いの邪魔はしないでくれよ。だけど、うちのだれに訊いてもおそめのことは分からないよ。朋輩ともこの主の私とも口を利くことは滅多になかったんだからね。女郎商売なんて、だれだろうが信用しない。廓内での騙し合いは当たり前の話だが、おそめはまた格別ですよ。なんで裏茶屋の主なんぞに引っかかったかね」

「おそめの借財は残っていたのかえ」

仙右衛門が不意に問いの矛先を変えたので、うっ、と亀左衛門の返事が詰まった。

「おそめは何人か馴染を持っていた。だが、落籍《らくせき》しようなんて客はいなかった」

「よう承知だね」

「刻み煙草《たばこ》だって、客や朋輩からねだるばかりで自分では滅多に買うことはない。そんな女郎の楽しみはなんだえ」

「さあな、死んだおそめに訊いてくんな」

「小金を貯めていたんじゃないか。おそめの借財が終わったのは年季の明けた一年半も前のことと聞いたが、亀左衛門さん、真《まこと》だね」

「なんでも承知じゃないか。主の私よりよく知っておられる。これ以上訊くこともあるまい」

「この一年半、おそめが身を粉《こ》にして働いた金はどこにあるんだえ」

「あいつに身寄りでもあるのか、あいつの在所は出羽《でわ》の貧乏村だよ。会所が金子を親切に届けるとでもいうのか」

「亀左衛門さん、抱え女郎に借財がないとなると、厳しいことを言うようだけど、おそめの残したものは金子であれ、持ち物であれ、主の物というわけにはいかないよ」

「出羽に送るというのかえ」

「いくら残していたんだ」

仙右衛門の詰問に亀左衛門はだんまりを決め込んだ。

「おれじゃ不足か。七代目が出る幕でもあるまい。明日、面番所の隠密廻り同心と出直してこよう」

仙右衛門は土間から出口のほうに体を向けた。

「待ってくれ、番方」

「なんですね」

仙右衛門は顔だけを後ろに回した。

「捜したんだ、おそめの荷をさ。だけど、金子は小銭一文見つからないんだよ」

「たしかな話かえ」

「遣手と男衆も立ち会ったから真だ。なんならふたりを呼んでもいい」

「よし、亀左衛門さん、おまえ様の言葉を信じよう」

「おそめは裏茶屋の男に貢《みつ》いでいたんじゃないかね。そうとしか考えられないよ」

「亀左衛門さん、おまえ様はおそめが残した金子をいくらと踏んだね」

「二十両から三十両の間と見た。あいつは湯に行くときだって金子を肌身離さず身につけていたそうだ」

四半刻後、仙右衛門の姿は五十間道裏手の口入屋小杉屋にあった。話を訊きに行った相手は後家のお佳だ。店仕舞いした帳場でふたりきりの話だった。

小杉屋の奉公人は通いだ。店と住まいを兼ねた家には、お佳しかいなかった。

「会所にはうちの商売柄なんでも話してきたつもりですがね。わずかの間、婿《むこ》として入れた男のことを根掘り葉掘り訊きなさるんですね」

「お佳さん、裏茶屋を普請《ふしん》するについちゃそれなりの金子が要る。惣三郎は銭を持っていたんでしょうかね」

お佳が困った顔をした。

「お佳さん、惣三郎にかかっている疑いは女郎殺しだ」

「なんですって。最前はそんなこと言わなかったよ、番方」

「まさか、お佳さん、惣三郎とよりを戻したなんてことはございませんよね」

「口はうまい、男っぷりも悪くない。女泣かせの床上手《とこじょうず》に騙されました。けどね、もうこりごりです。あんな女癖の悪い男とは金輪際《こんりんざい》御免ですよ」

「別れ話はお佳さんのほうからでございましょうね」

「先代以来の番頭が立ち会って話をつけました。女からの三行半《みくだりはん》です」

「あんな悪《わる》が大人しく引き下がったとも思えない」

「結局、吉原で小商いする金を用立てろということでしたがね、まさか裏茶屋の元手になるとはね」

「いくら出されました」

「三百両の言い値を百両に番頭さんが必死で値切って一札《いっさつ》を入れさせました」

「お佳さん、五十間道は吉原の縄張りでございますよ。会所に相談に来てくだされば、そんな心労《しんろう》はさせませんでしたよ」

「番方、後家が年下の男に狂って、なんて噂が飛ぶのが怖かったんですよ」

「会所が口が堅いのは承知と思うてましたがね。少なくともこたびの殺しが起こらないような決着は会所でつけられたと思いますよ」

「今考えればね、すべて女の浅知恵でした」

「お佳さん、野郎が今も繋がっている女はいませんかね」

「入れ代わり立ち代わりでね、名前なんて覚えていない。ともかく金には渋い。うちが強請《ゆす》られたのはしようがないとして、他の女もそれなりに惣三郎にむしり取られていないかね」

「おそめって女郎が貯めた金子二十両から三十両が楼に残した荷のどこにもないんで」

「ああ。そりゃ、私が預かってりゃ安心だなんてうまく丸め込んで騙し取ったね。あいつはね、女《すけ》こましの勘かね。お上とかさ、会所に訴えそうにない女子を見分けるのが上手なんだよ。結局、私だっておそめさんだって、金を盗《と》られた」

「お佳さんには先代以来の番頭の義助《ぎすけ》さんがおられて、百両で済んだ」

「口入屋の口銭《こうせん》がいくらか番方は知らないわけじゃありますまい。うちにとって三百両なんて夢の金子、どこを捜したってありませんでした、だから、あいつは百両で手を打ったんですよ。百両は店の金を掻き集めてようやくの額でした」

「高い買い物をしなすった」

「吉原が儲かるわけだ。お上が男と女の騙し合いの場を許してなさるんですからね」

と皮肉っぽく言ったお佳が、

「あいつはね、必ずもう一度裏茶屋に戻ってきますよ」

と仙右衛門を見た。

二

五つ半（午後九時）の刻限、幹次郎は、横川の対岸の軒下から船問屋須崎屋八郎右衛門方を眺めていた。むろん表戸はきちんと閉じられていた。

五つ過ぎ、幹次郎は北割下水の駒床の裏戸を叩き、駒吉若親方におきちがどうやら山谷堀に泊められていた須崎屋の船に誘い込まれて、勾引《かどわか》されたようだとその経緯をざっと告げた。

「なんとおきちが」

と絶句した駒吉が、くそっ、と吐き捨てた。

「わっしが手伝えることはございませんか、神守様」

「なんとしても今晩じゅうにおきちを無傷で取り戻す所存である。そのためにはどのような手も厭《いと》わぬ。だが、ただ今そなたに願うことはただひとつだけだ。吉原から援《たすけ》が来よう、この家を連絡《つなぎ》場所に使わせてほしい」

と幹次郎は願った。

「へえ、分かりました。今晩はわっしが不寝番《ねずばん》だ、勝手口から家への出入りは支障ないようにしておきます」

「会所の手勢《てぜい》がこちらを訪ねた折りには、金次は源森川の船宿〈すざきや〉を、それがしは横川の向こう岸から船問屋須崎屋八郎右衛門方を見張っておると伝えてくれぬか」

と言い残して東岸に渡っていった。そして、須崎屋の表と路地奥の勝手口が見渡せる対岸の雑貨屋の軒下に潜んだ。

須崎屋は表戸の他に通用口もしっかりと閉じられていたが、屋内ではかなりの人数が控えているような気配が外まで伝わってきた。

明らかに異変が起きているのだ。それがおきち勾引しの影響なのかどうか、幹次郎にも判断がつかなかった。

また、船着場の前に須崎屋の持ち船と思える荷船が三艘泊まっていたが、船はどれも無人だった。

おきちが対岸の船問屋に連れ込まれているとは思えなかった。かといって、馴染客とはいえ毎晩客が出入りする源森川の船宿〈すざきや〉におきちが連れ込まれているとも思えなかった。

刻《とき》だけが流れていく。

四つ（午後十時）の時鐘《ときのかね》が横川に響いたあと、源森川のほうから無灯火の苫《とま》船《ぶね》が棹《さお》だけでやってきた。櫓を使うと軋《きし》むからだろう。

須崎屋の関わりの船か、と思っていると北割下水の手前で苫船が横川の岸辺に寄り、ひとつの影が跳んで河岸道へと上がっていった。長吉のようだ。ということは会所の手勢が到着したということか。

幹次郎は源森川のほうへと暗がりを歩き、対岸に泊まる苫船の正面の岸辺に寄った。すると路地奥から長吉が姿を見せて、こちら岸を見て、幹次郎に気づいた。

無言でこちらに苫船を寄せろという仕草をして、岸に走り寄った。

船頭は牡丹屋の政吉だった。一礼した幹次郎に政吉船頭が頷き、苫船を横川のこちら岸へと移した。苫船が横川の東岸に寄ってきて幹次郎は静かにそれに乗った。

苫船の中に入り込むと、中には長吉と若い衆がひとりいた、遼《りょう》太《た》だ。近ごろ会所に入ったばかりの新入りだった。

「遅くなりました」

「小頭、金次とは会われたか」

「へえ、井《い》蔵《ぞう》を置いて参りました。向こうにも牡丹屋の関わりの荷船を置いてございます。だが、動きはないようでございます」

「こちらもひっそりとしておるが、なんぞ待っておるような気配を感じる。ただしおきちは対岸の船問屋に連れ込まれておるのか、源森川のほうにいるのか、全く勘が働かぬ」

「奴らの仕業なら、必ずわっしらが動くことを想定していましょう。だから、下手《へた》に足がつくようなことはしないかもしれません」

「で、あろうな」

苫船の胴《どう》の間《ま》に角火鉢《かくひばち》があるのが、風が吹き通る苫船の唯一の暖だった。だが、吹きっさらしの軒下より随分と楽だった。

「裏茶屋の一件とおきちの勾引し騒ぎが重なった。七代目も番方も頭が痛いことであろう」

「裏茶屋の女郎殺しは番方が独りで走り回っております」

「なんとしても今晩じゅうにおきちを取り戻して埒《らち》を明けんとな、番方の手伝いもできぬ」

「七代目は惣三郎なんて女こましは必ずぼろを出す、だが、若いおきちの命は取り返しがつかぬと申されて、会所が割ける三人をこちらに差し向けてくれたんでございますよ」

「有難い」

「どうなされます」

「待つしかあるまい。須崎屋がこのまま眠りに就《つ》くとも思えぬのだ」

「勘働きが戻ってきましたかえ」

「小頭、この程度はだれでも分かる」

「神守様、腹が減っては戦ができませんや。牡丹屋で握り飯をこさえてもらったんでございますよ。茶もございます。腹を満たしてくだせえ」

「そなたらは食したのか」

「へえ」

政吉船頭も苫屋根の下に入ってきて、煙草入れから煙管《キセル》を出した。

「長丁場になるとも思えないんだがな」

「政吉さんの勘はそう伝えているか」

今戸橋際の船宿牡丹屋の老練な船頭とも長い付き合いだ。吉原会所との結びつきが深い牡丹屋は吉原外の会所の務めに協力する役目を果たしていた。ために数々の捕物の現場に同行していたから、駆け出しの若い衆よりも勘働きが鋭いことがあった。

「船問屋とも船宿ともつかない怪しげな商いでのし上がった須崎屋だ。代替わりするまでの船問屋須崎屋は真っ当な商売人だったがね。店、屋号から主人の名までそっくり昔通りという面《つら》で商売しているがよ、ただ今の須崎屋八郎右衛門は怪しげな野郎だと同業みんなが承知しているよ。なにを狂ったか、若い女髪結を山谷堀で捕まえるなんて、許せねえ」

政吉が低声《こごえ》で吐き捨てた。

幹次郎は頷くと竹皮包みを解いて握り飯を摑み、

「頂戴致す」

とだれにともなく漏らし、黙々と食べ始めた。

幹次郎がふたつ目の握り飯を茶といっしょに食べ終えたとき、法恩寺橋の方角から櫓の音がしてきた。

政吉船頭が煙草の火を角火鉢に捨て、長吉が炭火を灰に埋《うず》めて、一同が目を凝らした。

櫓の音はふたつだ。

幹次郎は火箸を摑むと苫屋根に突っ込み、横川を眺められるように隙間を空けた。須崎屋の船着場が見えた。

一艘目は猪牙舟だ。胴の間に綿入れに包《くる》まった年寄りが乗っていて、どこぞで催された句会か小唄《こうた》の集いからでも家に戻る途中のように思えた。事実、須崎屋を見向きもせずに通り過ぎた。

間があって二艘目の船が幹次郎の視界に入り、須崎屋の船着場に横着けされた。するとと須崎屋の中から奉公人らが飛び出してきた。

夜中に荷下ろしが始まる様子だ。両手で抱えるくらいの麻の十袋がまず下ろされた。その他に木箱などが積まれていた。

「旦那様、こたびの品はいかがでございますな」

番頭が船に同乗してきた男に尋ねた。その男が須崎屋八郎右衛門だった。だが、男は答えない。

「そりゃ、もう旦那様直々《じきじき》の商い、品に間違いがあるとは思えませんが」

と番頭が追従《ついしょう》を言い足した。

ふたりは船着場の風下《かざしも》に移動した。そこならば奉公人や荷役人夫に聞かれる心配はない。だが、苫船はさらに風下に舫われていたので、風に乗って話が聞こえてきた。

貫禄たっぷりの男が荷下ろしを見ながら、長煙管を一服吹かすと横川の流れに甘酸《あまず》っぱいような匂いが漂った。

幹次郎は豊後岡《おか》藩の馬廻り役だった折りに捕物の助っ人に加わり、禁制品の取引きの場に踏み込んだときのことを思い出した。

豊後岡藩は長崎街道を通じて肥前長崎とも深い結びつきがあり、ときに城下に禁制品などが入り込んだ。大半の品が上方《かみがた》へと流れ、岡城下は中継基地としての役目を果たしていたのだ。

その折り、この匂いと同じものを嗅いだ覚えがあった。

「値も高かったが、天竺《てんじく》産の上物《じょうもの》ですよ」

と八郎右衛門が口を開いた。

「旦那様自ら出張られた甲斐《かい》がございました」

と応じた番頭が、

「旦那様、よい報《しら》せがございます。例の娘を引っ捕らえてございます」

「ほう、髪結の娘でしたな。まさかうちに連れ込んだのではあるまいな」

いえ、と答えた番頭が八郎右衛門に耳打ちした。

「さて、厄介者《やっかいもの》をどうしたものか」

阿芙蓉がちりちりと燃える微《かす》かな音と匂いが風に流れていたが、

「八つ（午前二時）の刻限に〈すざきや〉の二階座敷でな、髪結娘をな」

風向きが変わり、八郎右衛門が口に煙管を咥《くわ》えたせいで、次の言葉は幹次郎らに聞こえなかった。しばらくすると煙管が口から外され、

「……売りなされ。この娘の口からなにが漏れてもいかぬ」

と命じた須崎屋八郎右衛門が船着場から店に上がっていった。

番頭は荷下ろしの監督に残ったが、奉公人のひとりに、

「吾助を呼んできなされ」

と命じた。

巻木綿《まきもめん》で腕を吊った吾助が姿を見せた。昨夕、幹次郎に源森橋の河岸に放り投げられたとき、腕でも痛めたか。

「〈すざきや〉に使いに行ってきなされ。女将さんにな、旦那様が今晩八つ時分にあちらにお見えになると伝えるのです。他の娘といっしょに髪結娘の体を確かめなさる」

「へえ」

「なんですね、その顔は、不満ですか」

「いえ、番頭さん、なんの不満もありませんよ」

「おまえさんは愚図《ぐず》でいけません。このところしくじり続き、旦那様も役立たずと言われてましたよ」

「番頭さん、そんな」

「しっかりしないと、どなたかのように麻袋に入れられ石を抱かされて海底に沈められますよ」

「じょ、冗談を」

「本気です」

番頭に言い返された吾助が震え上がって、河岸道を業平橋のほうに向かった。

幹次郎らは対岸の荷下ろしが終わらないと動けない。じっと待つしかない。

荷下ろしが終わり、番頭が船着場一帯を丹念に見て回って須崎屋に姿を消したとき、すでに九つ（午前零時）近くになっていた。

ふうっ
苫船の幹次郎ら四人が期《き》せずして同時に息を吐いた。

横川の幅は二十間だ。だが、須崎屋の主と番頭が話していた船着場から苫船まで十数間しかない。身じろぎすると苫船に人がいることに気づかれる。四人は必死で気配を消して耐えていたのだ。

「神守様、おきちが須崎屋の手にあることは分かりましたぜ」

「なんとしても助け出す」

「神守様を頭《かしら》にわっしとこの新参者の遼太、井蔵に金次の五人で船宿に殴り込みですかえ。相手は城中の然《しか》るべきところに鼻薬《はなぐすり》を嗅がせてやがる。一気に片をつけねえと、明日の昼間にはこっちが潰されることも考えられる。どうしますね」

「小頭、須崎屋八郎右衛門が動くまで一刻ほどあります。いささか思案する時がありまする」

「時が経つほどに、わっしらにいい材料は転がり込んできますかね。反対に追い詰められることになりませんか」

「小頭、待てば甘露《かんろ》の日和あり、と世間で言わぬか」

「このことを井蔵と金次に知らせるくらいはしたほうがようございませぬか」

「いかにもそうじゃ」

遼太が使いに出された。しばらくして戻ってきたのを見た幹次郎が、

「それがし、ちと外を歩いてくる」

と苫船の中で中腰になった。

「えっ、わっしと政吉親父と半端者の遼太の三人で見張り番ですかえ」

と長吉が言うのへ、

「須崎屋が動くときまでには必ず戻る」

と言い残した幹次郎は、横川の東岸を法恩寺橋へと向かった。

苫船から三丁（約三百二十七メートル）も歩くと河岸道がなくなる。だが、横川沿いに人ひとりがようやく通れるような小道があるのを承知していた。過日、おきちといっしょに歩いたからだ。

だが、幹次郎は小道を通らずに鉤の手に曲がって寺町に入る道を選んだ。

その鉤の手は小梅村《こうめむら》の南端だ。その梅林の中で小便をした幹次郎は、急ぎ寺町を抜けて法恩寺橋に急いだ。法恩寺橋を渡ると、横川の西の河岸道を竪川《たてかわ》との辻に向かって進んだ。本所長崎町《ながさきちよう》に架かる長崎橋に差しかかったとき、竪川から灯りもつけない船影が見えてきた。

幹次郎は河岸道から石段伝いに水辺に下りた。

全長六間（約十一メートル）ほどの船には船頭はおらず押し黙った七人が乗っていた。

「桑平市松どのか」

と声をかけると、

「おお、神守どのの出迎えか、ご苦労じゃな」

と南町奉行所定町廻り同心の声が答えた。近づいてきた船に幹次郎が飛び乗った。

一同七人は同心ばかりで、頭に鉢巻きを前結びにし、筒袖の黒上着に襷がけ、同色の下袴に筒袖で黒足袋《くろたび》、武者草鞋《むしゃわらじ》、手には長十手《ながじって》、黒上着の上に帯を巻き、大刀の一本差しの出役《でやく》姿でなんともいかめしい。

「ご一統、ご足労《そくろう》に存ずる」

すると桑平同心が、

「神守どの、非番の剣術仲間を集めた。月番の北町同心月田六郎次《つきたろくろうじ》も仲間に加わっておる。皆、須崎屋に頭を押さえつけられた経験がある者ばかりだ。とはいえ、神守どの、しかとした証《あか》しがなければ須崎屋を捕縛《ほばく》したところで、明日には解き放ちになり、反対にわれらが詰め腹を切らされる憂《う》き目に遭うのは目に見えておる。そなた、たしかな策があろうな」

「策はございません」

「なに、手立てはないのか」

「その代わり話がございます」

幹次郎は最前見聞きした須崎屋八郎右衛門と番頭のことを仔細に伝えた。

「なにっ、深夜とは申せ、横川端で阿芙蓉を吸いながらさような不届きな話をしおったか。増長《ぞうちょう》するにもほどがある」

「今夜、須崎屋に運び込まれた中には阿芙蓉をはじめ、禁制品があることはたしかでございます」

「よし、各々方《おのおのがた》、今晩は日ごろの恨みを存分に晴らされよ」

桑平市松が自らを鼓舞するように、一同にも気合を入れた。

「手順はどうなさる。どうせ裏同心どの、先ほどは手立てがないなどと申したが、手立てがなったゆえ、われらを迎えに出てこられたのであろうが」

「須崎屋八郎右衛門は八つ前には徒歩か船で源森川の船宿〈すざきや〉に向かう。そのあと、番頭らと用心棒が何人残るか知らぬが、桑平市松どの方にお任せしよう」

「なに、そなたは手伝わぬのか」

「それがし、船宿〈すざきや〉を当たります。かような男の毒牙《どくが》におきちが襲われることを食い止めねばなりませぬ。船問屋のほうはなんとか桑平どの方でお願いできませぬか。ともかく禁制の品さえ押さえれば城中の鼻薬を嗅がされた方々もなにも申されますまい」

「肥前長崎渡りの阿芙蓉はあるのだな」

「あります。体に訊くまでもなく、あの番頭なれば在《あ》り処《か》を喋りましょう。用心棒などの始末より禁制の品を押さえることがなにより大事でござる」

「いかにもさよう」

「桑平どの、禁制の品を押さえたならば番頭に肥前長崎から江戸の佃島沖に荷を積んできた船の名を訊き出すことです。ついでに船を押さえれば、須崎屋に金子で口を封じられた御城のお偉方とて、ぐうの音《ね》も出ますまい」

「なにやら大変な夜になったな」

「奉行所の中にも須崎屋の鼻薬を嗅がされた御仁がございましょう。南町にも北町奉行所にもな。今宵先手を取ってその方々を震え上がらせてごらんなされ」

幹次郎の励《はげ》ましに、

ふうっ

と息を吐いた桑平同心がしばし沈思し、

「やるぞ」

と自らに気合を入れた。

「ここまで吉原会所に御膳立てされたのだ。われらが逃げ腰では須崎屋風情をのさばらせるだけぞ」

とひとりが賛意を示し、残りが頷いた。

「阿芙蓉を持ち込んだ罪軽からず。抵抗する者は叩き斬れ」

「親玉が不在の須崎屋は烏合《うごう》の衆にござる。われらも力を二分されておりますが、須崎屋とて本丸《ほんまる》に主がおらぬのです。まず優先されるべきは禁制の品を押さえることです」

幹次郎の念押しにうんと頷いた桑平同心がしばし沈思した。

「なんぞ懸念がございますか」

「神守どの、須崎屋八郎右衛門の始末じゃがな」

「なんぞ注文がございますか」

「神守どの、そなた、須崎屋めがおきちを毒牙にかけて江戸外れの曖昧宿に売り飛ばす算段じゃというたな」

「推察でござるがそう間違ってはおりますまい。それにしても不届き千万にございましょう」

「いかにも不届き者じゃな。生きておる価値があろうか」

こんどは幹次郎が沈黙した。

「桑平どの、あやつを斬れと申されますか。白洲《しらす》にて一切合切《いっさいがっさい》吐き出させせぬのでございますか。口を封じよと申されますか」

「あやつ、懐に南蛮《なんばん》渡りの短筒《たんづつ》を所持しているそうな。なかなかの短筒遣いとの噂はいくつも耳にしておる。そなたの眼志流の居合なればあやつが短筒に手を掛ける前に斬り飛ばすくらいできよう」

「桑平どの、吉原会所の雇われ者を唆しておいでか」

「そなたは吉原会所の裏同心、われらは江戸町奉行所の一代かぎり奉公の同心である。裏も表もなくわれら、城中のお偉方から見れば木端《こっぱ》くずに過ぎぬ。じゃが、町方の一分《いちぶん》を貫くことを忘れたくない」

「いかにもさよう」

「南町奉行所の一同心風情が吉原会所の裏同心どのを唆すなど滅相《めっそう》もない。じゃが、そなたが短筒の餌食《えじき》になることだけは避けていただきたいのだ。ゆえに後《ご》の先《せん》ではのうて、飛び道具相手には先《せん》の先《せん》が肝要と思うて忠言しておるだけだ。幾多の修羅場《しゅらば》を潜ったそなたには余計な節介かのう」

桑平同心もなかなかのタマだった。幹次郎に須崎屋の口を封じさせることで自分たちの行動を上役《うわやく》に認めさせ、後始末を有利に導こうとしていた。

「相分かりました。船を法恩寺橋まで進めてくだされ」

と幹次郎は願った。

三

須崎屋八郎右衛門が用心棒の剣客四人を従えて横川の船問屋を出たのは八つ前のことだった。頬被《ほおかむ》りをした奉公人のひとりに提灯を持たせ、横川の河岸道伝いに源森川の船宿〈すざきや〉に向かったのだ。

幹次郎は苫船から提灯の灯りが遠のくと、法恩寺橋際にいる桑平市松らに苫船に用意していた蠟燭《ろうそく》の灯りで合図を送った。

「小頭、遼太、桑平どの方を手伝い、通用口を開けさせてくれぬか。旦那に従った提灯持ちが旦那の命で戻ってきた体《てい》で通用口を開けさせるのだ」

「それはようございますが、神守様はおひとりでどうなさるので」

「船宿〈すざきや〉に乗り込む考えを変えた」

「どうなさるので」

「小頭、聞かぬほうがそなたのためだ。おきちの身を思えばこのほうがいい」

幹次郎が自らに言い聞かせるように呟いた意を長吉がしばし考え、

「こっちは任せてくだせえ。なんとしても阿芙蓉を押さえます」

「それが今宵の結果を左右しよう。佃島沖に停泊しておる抜け荷船まで辿り着けると万万歳じゃがな」

「神守様、町奉行所の同心方が一身を賭けるなんて考えもしなかった。こっちも一《いち》か八《ばち》か、須崎屋の本丸に飛び込みますぜ」

「よし」

幹次郎は政吉船頭の苫船から横川の東の河岸道へと上がると提灯の灯りを目指して足音を消して走り出した。

その背後で桑平同心らが長十手を手に乗り込んだ船が苫船に接近してきた。

幹次郎は遠江国《とおとうみのくに》横須賀《よこすか》藩西尾《にしお》家抱屋敷の塀の暗がりに沿って走り、対岸を悠然と進む須崎屋八郎右衛門一行を追い抜くと、業平橋の東詰で足を止め、息を整えた。

一行は業平橋まで半丁と迫っていた。

幹次郎は無銘ながら江戸の研ぎ師が、

「豊後国住行平」

と鑑定した豪剣の鯉口《こいぐち》を切り、橋を静かに渡り始めた。橋の北側の欄干に沿って歩を進めたので、須崎屋一行は気づいている風はない。

渡り切ったところで欄干の南側へと身を移し、一行が七間（約十二・七メートル）ほどに近づくのを待った。

直参旗本大久保《おおくぼ》家と中奥御小姓《なかおくごこしょう》六千石森川家の屋敷の間を、西へと走る小路に立てられた常夜灯がうすぼんやりとした灯りを業平橋に投げていた。

提灯の灯りが十数間に迫ったとき、

「待て」

と制止の声がした。

用心棒の剣客が幹次郎の姿を目に留めたのだ。

一行の前に一、二歩出て業平橋を見た。

幹次郎は橋から河岸道へと出ると、一行に向かって一気に間を詰めた。

用心棒の剣客とその仲間の三人、合わせて四人が幹次郎に応戦するために走りきた。

「吉原会所の裏同心か」

八郎右衛門が押し殺した声で言った。

両者は一瞬にして勝負の間合に入り、剣客ら四人が一斉に刀を抜き連れた。

だが、幹次郎はすでに鯉口を切っており、足を止めることなく低い姿勢で眼志流居合に工夫を加えた技で抜き上げ、車輪に回した。

先頭を走る剣客の刃が鞘を離れた瞬間、幹次郎の刃が相手の胴を深々と抜き、右手に流れてふたり目の喉元を刎《は》ね斬っていた。さらに河岸側にいた三人目が幹次郎に斬りかかってきた。

ふたりの仲間が一瞬の裡《うち》に斃《たお》されたというのに勇猛《ゆうもう》果敢《かかん》に迫ってきた。

幹次郎は逃げることなく元の場所に飛び戻り、振り下ろされる刃を弾いた。弾きながら、三人目の正面に位置を取り、正眼《せいがん》に構えた剣でぐいぐいと押し込んでいった。

一撃目の攻めを弾かれたことで相手は怯《ひる》んでいた。思わず知らず後ろへと押し込まれて下がっていった。

「佐々木《ささき》先生、どきなされ。南蛮渡来の短筒で仕留める」

須崎屋八郎右衛門が叫んだ。

だが、佐々木と呼ばれた剣術家は幹次郎に圧倒されて真っ直ぐに下がるしか手立てはなかった。

幹次郎は佐々木某を追い込みながら須崎屋との間合を計っていた。

あと、三間（約五・五メートル）か。

「どけ、どかぬか！」

須崎屋の絶叫が響き、

「ええい、役立たずが」

と吐き捨てたあと、銃声が横川河岸道に響いて、後退していた佐々木某の体ががくんと前のめりによろめき、崩れ落ちようとした。

その瞬間、幹次郎は力が抜け崩れ落ちようとした佐々木某に低い姿勢で体当たりした。ために、佐々木の体が後ろに吹き飛んで、須崎屋八郎右衛門とぶつかりそうになり、須崎屋は河岸道のほうへ飛びのいた。提灯持ちの奉公人が、

「わああっ！」

と叫びながら提灯を投げ捨て、店のほうへ戻ろうとした。

「角次《かくじ》、灯りを持て、持たぬか」

と須崎屋が叫びながら河岸道を背に構えた南蛮渡来の短筒の銃口を幹次郎に向けようとした。その銃口の先に四人目の剣客が立ち塞がり、

「須崎屋どの、店へお戻りなされ」

と命じた。

一瞬迷った須崎屋が店のほうへと体を向けた。

「須崎屋八郎右衛門、店に戻っても無駄じゃ。南北両町奉行所の手が入っておる」

幹次郎は凜然とした声で宣告した。

「奉行所ですと。そのようなことはありません」

須崎屋が四人目の剣客の背後から幹次郎の視界に現われた。手にした短筒の銃口が幹次郎に向けられた。

「然るべき筋に鼻薬を嗅がせておるからか。だがな、須崎屋、そなたのやり方が気に入らぬ町方役人衆もおられるのだ、捕方《とりかた》の矜持にかけて、南北両町奉行所の有志が命を張っておられる。最前運び入れた阿芙蓉などの禁制の品を押さえられれば、もはやそなたの命運も尽きる」

「おのれ、許せぬ！」

と叫ぶ姿を地べたに落ちた提灯の消えかけた灯りが一瞬浮かび上がらせた。

幹次郎は己の体を盾《たて》に主を守ろうとする四人目の剣客の前へと跳んだ。

二発目の銃声が響き、幹次郎の左袖を銃弾が掠《かす》め飛んだ。

提灯の灯りが燃え尽きて、直後河岸道は暗く沈んだ。

幹次郎は、須崎屋八郎右衛門がいた場所へと走ると虚空《こくう》に跳んだ。

豊後岡城下の河原で見様見真似で稽古した薩摩示現流《さつまじげんりゆう》の名残《なごり》を体が覚えていたか、河岸道に向かって飛翔し、須崎屋の立ち竦む気配に向かって刃を振り下ろした。

がつん
と鈍い音がして脳天を強打した。

「ぐうっ」

と呻いた須崎屋が後ろに二、三歩下がり、横川へと転落した様子が対岸の常夜灯の灯りで確かめられた。

幹次郎は河岸道の縁《へり》に下りると、くるりと四人目の剣客に向かって刀を回しながら立ち上がった。

「吉原の用心棒と聞いたが、なかなかの腕前かな」

四人目が刀を構え直した。

「おぬしは最前須崎屋の前に立ち塞がり、わが身を盾にして主を護られたことで義理は果たしておられる。もはや須崎屋は今晩で命運尽きた。おぬしがこれ以上、義理を感じることはござらぬ。立ち去られよ」

「須崎屋に役人が入ったというのは真か」

「真にござる。あの番頭では役人衆の厳しい取り調べにそう長くは持ち堪《こた》えられますまい。禁制の品を押さえられればいくら須崎屋とて保《も》たぬ。だいいち須崎屋はもうこの世の者ではない。もはや須崎屋は存在せぬのです。それがしとおぬしがこれ以上命を懸けて戦う謂《いわ》れはない」

「逃げてよいのか」

「はい」

四人目の剣客は一瞬躊躇《ちゅうちょ》したあと、

「御免」

と言い残すと中之郷横川町の西奥へと姿を消した。

長吉が須崎屋の潜り戸を叩き、

「旦那の使いだ、開けてくんな」

と声をかけると、臆病窓《おくびょうまど》を開けることなくあっさりと潜り戸が開いた。

長十手を片手に桑平同心が真っ先に飛び込むと、店土間に接した板の間で用心棒たちが酒盛りをしていた。

「南北両町奉行所の出張りである、神妙に致せ。さもなくば叩き据えてお縄にかける！」

凛とした桑平同心の宣告に一瞬立ち上がりかけた用心棒を桑平同心が長十手で叩き据え、他の仲間たちが腰を下ろしたままの用心棒らに長十手を突きつけた。

捕方は八丁堀にある江戸町奉行所と縁が深い町道場の稽古仲間だ。十五、六のうちから剣術修行に精を出してきた若手の面々である。その出役《しゅつやく》姿を見ただけで用心棒らは戦意を失った。

長吉と遼太が用心棒らの大小を取り上げ、次々に手際よく縄をかけていった。

そうしておいて、桑平同心ら三人が奥に進み、帳場で旦那の帰りを待とうとしていた番頭に長十手を突きつけたのだ。

桑平市松ら、七人の同心らの出役姿に須崎屋の番頭はぶるぶる震えながら、

「お許しくだされ、私はなにも知りませんので。主の八郎右衛門様の命で動いておるだけでございます」

と両手を合わせて懇願した。

「今夜、肥前長崎から着いた荷があろう。どこにある、番頭」

「へえへえ、蔵に仕舞ってございます」

「見せよ」

「旦那様の許しがなければとても蔵の錠前は開けられませぬ」

「開けねばそなたの体に訊くまでじゃ」

いきなり、ばしりと桑平同心が長十手で番頭の額《ひたい》を叩いた。むろん手加減してのことだが、それでも額が割れて血が流れ出してきた。さらに桑平が長十手を構え直すと、

「お、お待ちください。蔵を開けます、開けます」

と畏《おそ》れいった。

内蔵《うちぐら》の錠前が開かれたが、中には真新しい船の用具の麻縄などが整然と積まれているのが見えた。

「今宵の積み荷がこれか」

「はっ、はい」

「肥前長崎から麻縄が江戸へ運ばれてきたか」

「この麻縄はルソンから運ばれてきた麻縄、江戸でなかなかの人気がございます」

「そなたの名は」

「春蔵《しゅんぞう》にございます」

「春蔵、そなたらが荷下ろしをした折り、横川の対岸に苫船が泊まってなかったか。われら一同、須崎屋の探索をあれこれと工夫して続けてきたのだ。その折り、須崎屋八郎右衛門と春蔵、そなたらの話はひと言漏らさず聞かせてもろうた。もはや言い抜けや虚言は通じぬ」

「げええっ」

「八郎右衛門は大胆にも長煙管で阿芙蓉を吸いよったな。われらが見逃すと思うてか。早々に阿芙蓉をはじめとした禁制の品を差し出せ。差し出さぬとあらば、そなたの爪の間に竹串を打ち込んででも吐かせる」

桑平同心は、禁制品を押さえることが自らの捕物を正当化するだけに、必死だ。

「桑平どの、竹串では生ぬるい。小柄《こづか》を突き立てられよ」

と同心のひとりが自らの小柄を出した。

「ひえいっ」

と悲鳴を上げたが、春蔵も必死だった。阿芙蓉などの禁制品が見つかれば、須崎屋は終わりだ。

「あの荷は旦那様だけが承知の場所に隠されるのでございますよ。番頭の私も存じませぬ」

「そうかえ、小柄の痛みにどこまで耐えられるかのう」

と桑平が動こうとしたとき、長吉が店に逃げ戻ってきた提灯持ちの奉公人の角次の首根っこを摑んで押さえた。そして、話を聞くと、角次を連れて内蔵に直行した。

「桑平の旦那、ちょいとこいつの話を聞いておくんなせえ。おお、番頭も小汚い耳をかっぽじって聞くんだな。おい、提灯持ち、旦那はどうしたえ」

長吉が角次の襟首《えりくび》をぐいっと押した。

「ば、番頭さん、旦那様は斬られて横川に転落されました」

「だれがいったい」

「吉原の裏同心とか」

「用心棒の先生方はどうしなさった」

「そいつひとりに三人があっという間に斃された」

「な、なんと」

「その御仁はわれらの仲間なんだよ。そろそろ白状しねえと、おれの堪忍袋《かんにんぶくろ》の緒が切れる」

余裕の出た桑平が小柄を春蔵の前にちらつかせた。

「ひえいっ、申します。地下の隠し蔵に案内致します」

春蔵が内蔵の壁の一角に置かれた頑丈な船簞笥《ふなだんす》の引き出しをひとつ抜くと、奥に手を突っ込んでなにかを操作した。すると内蔵の床の一部がどういう仕組みか分からぬが横手に持ち上がって開いた。なんと一間（約一・八メートル）四方の穴には地下への階段があった。

「春蔵、案内せよ」

と勝利を確信した桑平市松が春蔵を先頭に立て、階段を下りていった。

その刻限、神守幹次郎は金次を案内役に、源森川の船宿〈すざきや〉の裏口から敷地に忍び込み、さらに勝手口から台所に侵入した。

台所には人の気配はない。二階座敷には、台所から直に料理や酒が運ばれるような裏階段があった。

金次らが前もって忍び込んで見当をつけていたのだ。

「おきちがすでに運び込まれているのはたしかだな」

「四半刻前に船で長持《ながもち》が運び込まれてきました。刻限からいって間違いなくおきちさんが入れられていると思えます」

と金次が低声で応じ、

「奇妙な船宿ですよ。坊主だの医者だの、大身の侍だのが出入りするんですがね、そやつらが揃いも揃って年寄りなんでございますよ。あの歳では吉原に行っても女郎衆に相手にされますまい。吉原の手練手管を使っても、ありゃ無理だ」

「船宿に何組か客が泊まっておるのか」

「坊主と医者、それに大店の隠居、武家がふたり。相手はどれも十三、四の娘ですぜ」

「呆れたな」

と応じた神守幹次郎は腰から無銘の剣を鞘ごと抜き、草履を履いたまま台所の板の間から二階の客座敷に通じる裏階段を上がった。

「金次、そなたはおきちを助け出せ。そのあと、余裕があれば、客の身許を記した書付を捜してくれぬか、須崎屋のような類は客の身許を後々のために残してあるものだ」

「合点《がってん》承知」

船宿〈すざきや〉の造りは吉原の大見世より渋好みに普請がなされていた。だが、客間に控えの間が付いた造りと広さは吉原の太夫の座敷と変わりない。

一間幅の廊下の向こうから灯りが漏れていた。人が何人も詰めている様子だった。

廊下の左右の座敷には大鼾《おおいびき》が響いているところもあり、娘の押し殺した泣き声が聞こえてくるところもあった。

幹次郎は大階段の向こうの灯りが漏れる廊下に足を止めた。

「おや、旦那、今お出でですか。お望みの品は揃えてございますよ」

女の声がして、廊下に片膝をついた金次が障子に手を掛けると引き開けた。

幹次郎は座敷の隅に三人の娘が体を寄せ合うように座っているのを見た。三人のうちのひとりがおきちだった。

そして、座敷の真ん中に船宿の女将と吾助、用心棒らしい男がふたりいた。

「て、てめえは」

幹次郎は手にしていた剣の鞘尻を立ち上がろうとした用心棒のひとりの鳩尾に突っ込んだ。そして、娘三人の前まで跳んだ。金次が続き、幹次郎がくるりと向き直ると、

「そなたらの新奇《しんき》な商いも今宵で終わりだ」

「だれですね、おまえさんは」

女将が貫禄を見せて幹次郎を睨んだ。

「御免色里吉原会所の神守幹次郎だ」

「くそっ、会所の裏同心め」

と吐き捨てた女将が、

「ほれ、ぼうっとしてないで、殺《や》っちまいな」

と残った用心棒に顎で命じた。

用心棒が懐から匕首を抜いた。もうひとりの吾助は幹次郎の腕を知っているだけに動けないでいた。

「女将、そなたが待っておる須崎屋八郎右衛門はもはやこの船宿に来ることはない。横川に浮いておるからな」

「そんな嘘を。旦那が殺されるものか」

幹次郎は鞘に納めていた刃を抜いて、女将の目の前に突き出し、

「この血糊《ちのり》が八郎右衛門のものだ、よく見よ」

両目を見開いて刃を凝視《ぎょうし》していた女将が、ひえっ、と叫んだ。

「おきち、待たせたな。甚五郎親方のもとへ戻れるぞ」

との幹次郎の言葉におきちが泣き出した。

四

長い夜は終わっていなかった。

月番の北町奉行所に報せが飛び、佃島沖に停泊した肥前長崎の廻船《かいせん》問屋南蛮屋《なんばんや》の所蔵船に手入れが入ったのは明け六つ（午前六時）前のことだ。

北町奉行所に駆け込んだ使いの口上《こうじょう》はこうだった。桑平市松ら剣術仲間の同心らが船を雇って呑み会を催している折り、偶然にも横川で抜け荷の荷揚げに行き合い、声をかけたところ相手が慌て出した。

そこで船問屋須崎屋なる店を調べてみると、怪しげにも不逞《ふてい》の浪人剣術家がお

り、抵抗してきた。そこで用心棒と思える浪人を捕らえ、改めて店じゅうを探索すると阿芙蓉をはじめとする禁制品が内蔵の隠し地下部屋から大量に発見された。それを踏まえて番頭春蔵を厳しく問い質してみると、肥前長崎から定期的に往来する千石船五島丸《ごとうまる》から仕入れたと証言したゆえ、月番たる北町奉行所の出張りと佃島沖の抜け荷船の手入れを至急願いたい、というものであった。

この依頼は北町奉行所年番方《ねんばんかた》与力加藤孫四郎《かとうまごしろう》名指しでなされた。加藤与力は北町奉行所でも清廉な人物として知られていた。

桑平の剣術仲間には、加藤の直属配下の月田六郎次が名を連ねており、信頼できる同心の要請に加藤は北町を挙げての出役を奉行に願い、認められた。

抜け荷船と思える千石船、五島丸を見渡す佃島沖を南町の桑平市松、北町の月田六郎次が巻羽織に着流し姿で乗った船が見張っていた。

陣笠《じんがさ》に火事装束《かじしようぞく》の出役姿で陣頭指揮に立った加藤は、

「なにが南北同心剣術仲間の呑み会だ。南の桑平はなかなか抜け目のなき食わせ者、六郎次はそれに引きずられたとみえる」

と傍らの老練な定町廻り同心の波上義男《なみうえよしお》に吐き捨てた。

「加藤様、まあ嘘も方便《ほうべん》というではございませんか。月田六郎次らの報せが真なら近年見ない大捕物にございますぞ」

「分かっておる」

と応じた加藤与力が、捕方の御用船に抜け荷船乗り込みを短十手を振って下知《げじ》した。

御用船の役人らが早速五島丸の船内に乗り移ろうとすると、五島丸は碇《いかり》を上げ、拡帆《かくはん》して逃げ出す気配を見せ、一部の水夫《かこ》らは武器を手に抵抗しようとした。だが、十分な捕物仕度をしての出役であり、加藤与力の檄《げき》の下、北町奉行所の一統が果敢に船内へと飛び込んでいった。

この捕物に桑平らも手助けに加わったので、五島丸の主、船頭らを次々にお縄にすることができた。

その上で船内を捜索すると、須崎屋の隠し地下から発見されたと同じ豆が詰められた麻袋は、二重袋に偽装されており、およそ一貫《かん》ずつ小分けされた阿芙蓉が三十数袋も発見された。その他、抜け荷の品は大量に船倉に積まれており、江戸での他の取引き先が複数あることが推量された。

南北両町奉行所同心の剣術仲間の呑み会がもたらした、

「偶然の疑惑」

が大手柄となる様相を示し、数日間、城中を巻き込んで南北両町奉行所を混乱に陥れた。

だが、阿芙蓉をはじめとした禁制品の押収が須崎屋八郎右衛門方の行状《ぎょうじょう》を物語っていた。また、当の八郎右衛門は、南蛮渡りの短筒をしっかと片手に握りしめて横川に浮いているのが発見された。さらにその河岸道には八郎右衛門と同じく、鋭い一撃で斬り殺された浪人剣客が転がっていた。

幕閣では激した混乱の話し合いの中で、親須崎屋派、反須崎屋派ともに事態の収束を図《はか》るべく動き出した。

「こたびの一件、南北両町奉行所の日ごろの親睦《しんぼく》が役に立ち、かような大捕物になって江戸に禁制の品が入ることを阻止《そし》できたのじゃ。剣術仲間の同心めら、大手柄ではないか」

「いかにもいかにも」

須崎屋八郎右衛門が死んだ今、これ以上事態を紛糾《ふんきゅう》させぬことが賢《かしこ》かろうという策が阿吽《あうん》の呼吸で決まろうとしていた。

一方、幹次郎はおきちを連れて左兵衛長屋に戻った。

朝の日が長屋に差し込んで浅草田圃に靄《もや》が薄く棚引いていた。

井戸端に女衆が集まり、その中には一睡もしていない髪結のおりゅうや汀女もいた。

「姉ちゃん」

と押し殺した声でおきちが姉を呼び、おりゅうが木戸口の人影に気づいて、

「おきち」

と叫ぶと靄を掻き乱してどぶ板を踏んで妹のところに走り寄り、
がばっ
と抱きしめた。

姉妹は抱き合ったまま、長いこと咽《むせ》び泣いた。そして、

「おきちのばかが。姉ちゃんがどれだけ案じたか、おまえは分かるか」

「姉ちゃん、ごめん」

と言い合った。

井戸端に歩み寄った幹次郎は、

「姉様。おりゅうさん、おきち姉妹と朝風呂に参られぬか。湯に入ると、嫌な気持ちも恐ろしかったことも薄れてさっぱりしようでな」

と持ちかけた。

「それはよい考えにございます。幹どののもいっしょしませぬか」

「これ以上、なにがあってもいかぬ。それがしが姉様方の護衛方で同行しようか」

長屋の女衆も汀女の考えに賛同し、幹次郎、汀女、姉妹は揃って浅草田町の湯屋花《はな》の湯《ゆ》に行くことになった。

幹次郎が男湯の柘榴口を潜ると、朝の光が天井の風抜きから一筋差し込んでおり、湯が煌《きら》めいていた。町内の顔見知りの隠居がひとり、もごもごとはっきりせぬ挨拶《あいさつ》を幹次郎に送ってきた。口調が滑《なめ》らかでないのは歯がほとんど抜け落ちているせいだ。残った何本かの歯も煙草の吸い過ぎで黄色く変色していた。吉原出入りの建具屋の隠居だ。

「ご隠居、息災《そくさい》のご様子、なによりにござるな」

「か、かいしょの、だ、だんな、ここんとこ湯屋で会わなかったな」

「あれこれと雑用に追い回されておった」

「い、忙し過ぎると汀女先生に逃げられるぜ」

「その恐れはないことはないな。じゃが、今朝は姉様といっしょゆえ、差し当たってその懸念は要るまい」

女湯からおりゅうの声が響いて、

「おりゅうさん、今朝のところはその程度のお叱りに留めておきなされ」

と汀女の諌《いさ》める声がして隠居が、

「なんだ、女湯に汀女先生がいるのかえ。そいつは夫婦円満なことだ」

と歯の抜けた口を開けて笑った。


朝風呂のあと、幹次郎の家でおりゅう、おきち姉妹といっしょに朝餉を食した。

その席で、

「おきち、このあと甚床に送っていこう」

と幹次郎が言うと、おきちが箸を止めてしばし思案した。

「甚五郎親方は、わたしが無事なことを知っていますよね」

「会所の若い衆を立ち寄らせたゆえ、そなたが怪我ひとつなく無事であることは承知しておる」

幹次郎の言葉に頷いたおきちが姉に願った。

「姉ちゃん、今日も吉原にわたしを連れていってください」

「吉原で働く気が起こったのかい」

姉の問いに妹は首を横に振った。

「違うの、やっぱりわたしは花川戸の甚床に奉公する。でも、吉原の皆さんにちゃんと挨拶をして花川戸に戻りたい。姉ちゃん、いけない？」

おりゅうは妹の言葉を無言で受け止め、

「いいよ、姉ちゃんを手伝っておくれ」

と命じた。

「そうする」

おきちが幹次郎と汀女にぺこりと頭を下げた。

「それもこれも神守様のおかげです。どうお礼すればよいか」

「おりゅうさん、私どもはともに吉原に奉公するひとつ仲間です。苦しいときも楽しいときもともに手に手を取り合っていくのが身内です。礼など要りましょうか。そうでございましょう、幹どの」

「いかにもさよう」

この朝、幹次郎とおりゅう、おきち姉妹はいっしょに大門を潜った。ふたりして道具箱を提げていた。おきちが提げた道具箱は亡き母親が形見《かたみ》に姉に残したものだった。おきちは姉といっしょに仕事をする気なのか。

おきちもおりゅうも一睡もしていなかった。だが、興奮の余韻《よいん》か、眠気など感じていなかった。なにより職人が得意先を疎かにすることは許されなかった。

幹次郎はそんな髪結姉妹の心がけを尊《とうと》いものとして敬った。

「おい、裏同心どの、朝から八丁堀が大騒ぎじゃが、まさかそなたが関わっておるということではあるまいな」

面番所の前から隠密廻り同心の村崎季光が幹次郎に質した。

「なんの話です」

「とぼけおって、横川の船問屋に手入れが入って禁制の阿芙蓉が押収されたというぞ。手入れのきっかけは南北両町奉行所の同心、剣術仲間の酒呑みの集いというがな、そのような集いがあったとすればふだんの御用を忘れようというものであろうが。どんちゃん騒ぎをして酔い潰れるのが関の山だ。それが大手柄に繋がったじゃと、なんとも解《げ》せん。吉原会所が、いや、おぬしが関わった話ではないのか」

「それがしが関わるなど滅相もない、会所もそれがしも裏茶屋の一件で追い回されておりましてな。もしさようなことがあるなれば、日ごろより世話になっておる村崎どのに真っ先に相談申し上げます」

「であろうな。わしとそなたの仲だ。ともに大門の左右を護る面番所の同心と会所の裏同心ゆえ、隠しごとなどあってはならぬ」

村崎同心がそう幹次郎に言うと、おりゅうが、

「私どもはこれから石亀楼に参ります、神守様、のちほど会所に挨拶に妹を立ち寄らせます」

と言い残し、姉妹で連れ立って仲之町を水道尻《すいどじり》のほうへと歩いていった。おきちの提げた亡母おとらの道具箱がかたかたと鳴った。

髪結の　姉妹背光る　秋日和

駄句が浮かんで姉妹が京町二丁目の木戸奥に消えた。

「待てよ。昨日、髪結の妹のほうがいなくなったと会所が騒いでいなかったか」

「ああ、そのことですか。おきちは花川戸の甚床に独りで戻っておったのです」

「なんだと、さようなことで会所は騒ぎおったか。体つきもまだ娘々しておるが、姉のおりゅうと違い、あの妹、少し頭が緩んでおるようだからな。そなたらもそのことを勘案した上で、御用を務めねばならぬぞ。ただ走り回ればよいというものでもあるまい。それがしのように泰然自若《たいぜんじじゃく》としておれば、物事の道理が見えてくる」

村崎同心は今日も朝から多弁だった。

「いかにもさようでした」

「それにしてもじゃ、八丁堀の大騒ぎとは無縁のわし、なにか吉原に島流しに遭ったような気分になるのはどういうことか」

「秋は人の心を惑《まど》わすものでござる。ふだんから泰然自若の村崎どのにも悩みは尽きぬものですな」

「そうか、季節が移ろうせいで、わしの心が気弱になっておるのか」

「さよう。とかく繊細《せんさい》な心の持ち主は季節の変わり目はそのような気分に陥りやすい。さようではございませぬか」

「さすがに裏同心どの、そなた、悩み多きわしの胸の内が分かるか。役宅に戻れば病の母親と口やかましい女房があれこれとわしに文句ばかり言いよる。役宅にも奉行所にもそれがしの居場所がない」

「そのような偏《かたよ》った考えが生じるのも秋のせいでござろう」

幹次郎はまた姉妹の消えた方角を見た。

日が差し込む通りには野菜売りや花売りなどが店開きし、吉原の住人たちが集まっていた。そろそろ遊女たちが二度寝から目覚める刻限だった。

「失礼致す、村崎どの」

無精髭の顎を撫でる村崎同心に別れを告げ、長閑《のどか》な時が流れる待合ノ辻を横目に吉原会所に入っていった。

広い土間に据えられた大火鉢の五徳《ごとく》の上に載った鉄瓶がちんちんと鳴っていた。

頭取の四郎兵衛ひとりが会所で留守番をしていた。

「昨夜は一睡もしておられますまい。少し仮眠を取られてからでよいものを」

と四郎兵衛が言った。

「おりゅうさんとおきちのふたりが仕事に行くというのにそれがしひとりが布団に入るわけにもまいりますまい」

「なんとも神守様は律儀《りちぎ》でございますな。小頭たちには朝方は休めと命じてございます」

長吉らのいない理由を四郎兵衛が告げた。

「七代目、それにしても気になるのは裏茶屋の一件でござる。未だ惣三郎は捕らえることはできませんか」

「番方は吉原内で起こった殺しゆえ、あやつを廓内でふん縛《じば》りたいと頑張っております」

「惣三郎は未だ廓内に潜んでおると、番方は見ておられますので」

「いえ、惣三郎が女郎のおそめを殺したあと、会所に通いの女衆が飛び込んできて殺しが分かり、惣三郎は女郎の相手は幇間の一八と番方らに告げ、尻に帆《ほ》をかけて大門の外に逃げた。これはたしかと思えます。ですが、番方は必ず惣三郎が裏茶屋に一度は戻ってくると考えておるらしく、今も独りであの裏茶屋に頑張っておるのですよ」

「それがしも訪ねてみましょうか」

「それが番方の思案でね、会所の者が出入りすると惣三郎が警戒して戻ってくるのを躊躇《ためら》う。ために、この場はわっし独りに任せてください、と言うのですよ。惣三郎は吉原を承知の者です。会所の動きには気を張り巡らせていましょうから、ここはひとつ番方に任せましょうか」

「番方と惣三郎の我慢比べですか」

「そんなわけです。神守様も少し座敷で横になりませぬか」

「いったん眠ると一日じゅう眠り込みそうです。ここは我慢辛抱でございますかな」

と言っているところに会所の腰高障子に人影が映り、おきちが道具箱を提げて姿を見せた。

「姉ちゃんの得意先には挨拶してきました。最後に神守様の髷を結い直させてください。お願いします」

「なに、亡くなったおとらさんの道具箱を提げてきたのはそれがしの髪を結い直すためであったか」

「神守幹次郎様は命の恩人、生涯忘れてはならないと姉ちゃんに言われました」


幹次郎は四郎兵衛を見た。

「会所で女髪結は珍しい光景でございますな。さあ、おきち、好きなように恩人の頭をあたってくだされ」


四郎兵衛の許しにおきちが玄関座敷の一角に座布団を敷いて幹次郎を座らせた。

「お侍さんの髷の結い方は親方に何度か手解《てほど》きを受けただけなんです。下手に仕上がったら言ってください。何度でも結い直しますから。姉ちゃんが『おまえが下手に結ったら、私が直すからね』と言ってました」

「おきち、稽古代わりの頭と思うて好きなように弄ってくれ。文句は言わぬから安心せよ」

幹次郎は障子越しに差し込む光に両目を瞑《つむ》った。

おきちが幹次郎の髷の元結をはさみでぷつんと切ったところまでは覚えていたが、不覚にも眠りに落ちた。なんともおきちの髪を触る手が気持ちよくて睡魔に耐えられなかったのだ。

どれほど眠り込んだのか。

「さあ、終わりました」

とおきちの声が幹次郎を目覚めさせた。

土間にいつの間にか長吉や金次ら若い衆がいて、こちらを見ていた。

「おきち、すまぬ。つい気持ちよくて眠ってしまった」

「親方がいつも言われます。髪結職人は、客の頭を弄って気持ちよく眠らせるくらいでないと一人前じゃないって、職人の腕を信頼している証しだって。わたし、初めてです。神守様が眠られた初めての客です」

「それがしも髪結の最中に眠ったのは初めてじゃ。出来はどうか」

おきちが恐る恐る鏡を差し出した。

「おお、なかなかの出来栄《できば》えではないか。小頭、そう思わぬか」

きちんとした本多髷《ほんだ》ができ上がっていた。

「神守様、一段と男前に仕上がりましたぜ。さすがは甚五郎親方の仕込み、おとらさんの娘だぜ」

長吉が褒めて、おきちの顔にようやく笑みが浮かんだ。

「おきち、吉原で見聞きしたことをな、甚五郎親方の下で生かしなされ。そなたなら立派な女髪結になります」

四郎兵衛がおきちに言い添えて、おきちが丁寧に吉原会所の頭取に一礼した。

第四章　裏茶屋の殺し

一

髪結のおりゅうの朝仕事が一段落したあと、幹次郎はおりゅう、おきち姉妹といっしょに花川戸の甚床を訪ね、甚五郎親方の手におきちを返した。

「おきち、大変な目に遭ったな。おりゅうよ、妹が戻ってきてよ、よかったな」

情に厚い親方は一番若い女弟子が無事に戻ってきたことを素直に喜んだ。その目は心なしか潤んでいた。

「親方、おきちの油断のせいで、甚床に迷惑をおかけしました」

姉のおりゅうは頭を深々と下げた。姉の態度にうんうん、と頷いた甚五郎親方が、

「神守の旦那、この恩義、決して忘れねえよ。礼というわけじゃねえがよ、旦那の髷はおれが生きているかぎり、ただでこの甚五郎が結い直しますよ。いつでもお出でくだせえ」

真心の籠もった言葉に笑みを返した幹次郎が言った。

「親方、この髷じゃが、会所でおきちに結い直してもらったものだ。礼は十分に頂戴した」

「どうりで頭がさっぱりしていると思いましたぜ。お侍さんの頭をおきちは弄ったことがないはずだが、おれの見様見真似でなんとかかたちになりましたかね、どれどれ」

しげしげと幹次郎の頭を点検した甚五郎が、

「初めてにしては丁寧に結い上げてございますよ。なによりおきちの気持ちが籠もってまさあ」

と満足した。そして、

「こたびの一件で奉行所にお呼び出しなんぞはあるのかね」

とそのことを案じた。

「それがしの勘じゃが、奉行所としてもできるだけ騒ぎ立てずに事を決しようとするとみた。須崎屋の主は亡くなり、禁制の品が店の蔵から大量に押収され、抜け荷を積んできた船まで押さえられるほどの大騒ぎじゃがな、城中のお偉方が須崎屋の後ろ盾との噂もあるゆえ、まずそうなるであろう」

「おきちはこのままうちで奉公していいんだね」

「むろんのことだ。おきちにとって吉原の暮らしを、姉様の仕事ぶりを実際に目《ま》の当たりにできたことは、甚床に奉公する上で大いに役に立つであろう。そうではないか、おきち」

　幹次郎の問いにおきちがこっくりと頷いた。その顔には心なしか悔いのような感情があるようにも思えた。

「なにか心残りか」

「神守様、汀女先生と薄墨太夫が師匠を務める手習い塾に行けなかったのが、悔しいです」

「おお、そうであったな。また別の機会もあろう」

「神守様、吉原の女郎衆もわたしたち同様に日々を必死で生きておられることを知りました。いえ、わたしなどよりもっと厳しい暮らしです」

「おきちが髪結に志願したのと違い、好きで吉原に身を投じた女はいないでな。

家のために泣く泣く身売りさせられてきた女衆だ。いつの日か、大門の外で暮らしたいと夢見て過ごしているのだ」

はい、と頷いたおきちが、

「神守様に素顔の薄墨太夫に引き合わせてもらったことは、おきちにとって、なにより生涯忘れられない出来事でした。薄墨太夫は、心の優しい、真にきれいなお方でした」

おきちの言葉に甚床の男髪結が、

「えっ、おきっちゃん、薄墨太夫と会ったのか。おれも見たかったな」

と羨ましそうな顔をした。

「芳三《よしぞう》、半人前のおめえが全盛の薄墨太夫の顔を拝もうなんて十年早いよ」

と兄貴分の職人に、剃刀の柄のほうでこつんと叩かれた。

「それでも会いたいよ、兄さんは会いたくねえか」

「そりゃ、会いたいさ。だが、薄墨太夫はわっしらにとって高嶺《たかね》の花だ。おきち、太夫の素顔を見られたなんぞは一生の宝物だぜ」

兄貴分の職人の言葉にも、おきちは頷いた。

「おきち、ひとつだけ訊いておこう。吉原の大門を出たそなた、甚床に戻ろうとしたのだな」

「はい。無性に花川戸が恋しくて面番所の役人に姉ちゃんが忘れた道具を取りに長屋に帰ると嘘をついたんです」

「そなた、土手八丁で足を止めたな。なにを見たゆえ山谷堀の岸に下りたのだ。屋根船のだれぞに手招きをされたのか」

「えっ、屋根船」

と無意識に応じたおきちが、

「山谷堀の河原に芒《すすき》が風に靡《なび》いて銀色に光り、蜻蛉が群れをなして飛んでいたんです、近くで見たくてそれで駆け下りたんです」

「おきちらしいや」

と甚五郎が言い、

「番《つが》いの蜻蛉が芒の穂に止まろうとしたのを見ていたとき、羽織のようなもので頭を包まれたんです。わたし、船に乗せられたんですか」

と最後はおきちが幹次郎に質した。

「屋根船は覚えがないか」

「わたし、ぼーっと蜻蛉を見ていただけです」

ふうっ
と甚五郎親方が大きな息を吐き、おりゅうが、

「おきち、子供が夢見るようなことばかりを考えないでさ、そろそろ大人になっておくれよ。親方も姉ちゃんも困るよ」

「おきち、そのさ、ぼうっとしたおきちはいいんだがな、命を失うような真似だけは二度としちゃいけないぜ」

親方の言葉に、大きくおきちが頷いて、おきちの勾引し騒ぎは落着した。

幹次郎はいったん左兵衛長屋に戻って一刻半ほど仮眠を取り、吉原に戻った。

すでに夜見世が始まり、清掻の爪弾きが気怠《けだる》く流れ、遊冶郎《ゆうやろう》や素見の客の心を擽《くすぐ》った。

「おや、かような刻限にまたご出勤か」

大門前で帰り仕度の隠密廻り同心村崎季光とまた出会った。

「七代目に報告がございましてな。そのあと、本日は早上がりさせてもらいます」

「精勤してもわれらには余禄《よろく》はなし。そこそこに務めるのが長続きする奉公のコ

ツじゃぞ」

「精々村崎どのを手本に励みます」

「それでよい」

村崎同心は船宿牡丹屋から会所の仕立てる舟に乗って八丁堀に戻るのだ。それを見送り、仲之町に視線を戻すと花魁道中か、人垣ができていた。

幹次郎は吉原会所の腰高障子を開くと、四郎兵衛がいつも控える奥座敷に通った。

幹次郎は四郎兵衛としばし話したのち、吉原会所の隣にある引手茶屋山口巴屋へと路地を伝って通った。

この引手茶屋は四郎兵衛の持ち物ゆえ、幹次郎には朝湯を使わせてもらうなど馴染の場所だ。忙しげに働く奉公人に目で挨拶した幹次郎は、山口巴屋の裏口から蜘蛛道へと出た。

その姿はいつの間にか手拭いを吉原被りにして、裾を後ろ帯に絡《から》げた男衆の形に変わっており、江戸町一丁目から二丁目に抜けた。

仲之町では花魁道中が終わったばかりか、見物の客が散っていた。

幹次郎は背を丸め、腰を落として角町の木戸を入り、羅生門《らしょうもん》河岸に近いところに狭い口を開けた蜘蛛道へとするりと入った。いかにも吉原勤めの男衆の動きだった。

あちらこちらに細く長く延びる蜘蛛道を伝い、裏茶屋〈みちゆき〉の表口を望める暗がりで足を止め、辺りの気配を窺《うかが》った。さすがに〈みちゆき〉には灯りが点っていなかった。

人の気配がないのを見た幹次郎は蜘蛛道の暗がりに紛《まぎ》れるように〈みちゆき〉の表口前に入り込み、粋な造りの坪庭を見ながら、戸に手を掛けた。音がしないように引き開けた。

土間で草履を脱ぐと、懐に入れた。無言のうちに廊下に上がり込み、坪庭を回り込むように座敷に進んだ。

どこからともなく緊張の空気が漂ってきた。

幹次郎は声を発しない。

この家の主、惣三郎が戻ってくるのを仙右衛門が待っているはずだが、さすがにどこにいるのか、幹次郎にも判断がつかなかった。

不意に幹次郎の背後からなにかが襲いかかってこようとした。

「番方、それがしだ」

ふうっ
と背後の人の動きが消えた。

「神守様でしたか」

暗がりの背後から仙右衛門の声がした。

「そなた独りでは退屈と思い、邪魔をした」

「心強い。わっしについてきておくんなせえ」

幹次郎は狭い廊下で向きを変え、仙右衛門の背中に従った。

番方は裏茶屋の帳場、三畳間に控えていたようで、火鉢の埋火《うずみび》を火箸で掻き回すとお互いの顔が分かるほどになった。狭い部屋にしては立派な長火鉢だった。

「おきちの一件、なんとか落着したようですね」

「聞かれたか」

「最前、玉藻様が客を装い、食いものを届けてくれましたんで。裏茶屋は初めて訪ねるわ、なんぞと言いながら、あちらこちら興味津々《きようみしんしん》に覗いていかれました。その折りに七代目の言づけを聞きましたんで承知しています」

「おきちを無事に取り戻せたことがなによりであった。あとは月番の北町奉行所が始末をつけよう」

すよ」

「どうせすべてを白日《はくじつ》の下に曝《さら》しはしますまい。都合のよい折り合いで幕引きで
「年寄りの人身御供に上げられた幼い娘たちが親元に戻れるとよいがな」

炭火を灯り代わりにふたりは話していた。

「こたびも神守様が血を被るような汚れ務めを果たしなさった。貧乏籤《くじ》でござんしたね」

「南町の桑平同心らとて月番の北町の下働きであったのだ。それにしてもよう会所の願いを受けてくれた」

「桑平様はね、会所じゃございませんよ。神守様の人柄と腕前に心酔《しんすい》しておればこそ受けられた話です」

仙右衛門が言い切り、幹次郎は話柄《わへい》を転じた。

「番方、おそめ殺しの惣三郎じゃが、この裏茶屋に必ず戻ってくるという根拠はなんだな」

「ああ、それですかえ。惣三郎が一時《いっとき》婿に入った口入屋小杉屋のお佳さんから聞いた話が元になっていましてね。惣三郎は女に見境ないが、あいつなりの女の選び方があるんでございますよ。美しいとか醜《みにく》いとかは関わりねえ。相手が銭を

持っているかどうかなんだそうです。小杉屋のお佳さんは直ぐに惣三郎の本性を見抜かれたそうな。そこで先代以来の番頭とふたりで、惣三郎との縁切り話を持ち出した。すると女房からの三行半にあやつが持ち出したのは三百両の手切れ金だった」

幹次郎が初めて聞く話だった。

「三百両か。大した金子だ」

「小杉屋はとても三百両なんて払えない。番頭が粘《ねば》りに粘って百両で手打ちをした。そんな男なんでございますよ」

「この裏茶屋の沽券やら造作《ぞうさく》に小杉屋から金が回されたか」

「で、ございましょうな。だが、あいつ、小杉屋からの手切れ金なんぞ使わなくとも銭をしっかりと貯め込んでいたんでございますよ。お佳さんは言わなかったが、惣三郎と付き合っている間にもそれなりの金をむしり取られていた。こいつはわっしの勘ですがね」

「えらい悪に小杉屋も捕まったものだな」

「お佳さんは男に執着《しゅうちゃく》するか諦めるか迷う年ごろでございますよ。そこへ見場《みば》はいい、口先はうまい年下の惣三郎の手練手管に乗せられた」

しばし暗い帳場に沈黙があった。

「この家に戻ってくるというのは、金が目当てだ。惣三郎は、おそめと金のことで揉めたか、おそめを絞め殺したはいいが、なんとか内々に骸を始末しようと、金といっしょに大門外に持ち出す算段をしていた。その隙に女衆が会所に飛び込んだものだから、番方たちがこの裏茶屋に駆けつけた」

「へえ、あとで考えれば、あやつの慌てた顔は怪しゅうございましたよ。ともかく昔の朋輩だった幇間の一八の名を挙げて、おそめの相手だと偽り、吉原の外に逃げたまではいい。だが、しくじりはこの家に貯め込んだ銭を残してきたってことだ。小杉屋のお佳さんは、あいつは金に人一倍執着する男ゆえ、金子を持ち出す暇がなかったとするならば、必ず取りに戻るって、わっしに知恵をつけてくれたんでございますよ」

「それで得心《とくしん》がいった。番方がこの家で独り頑張るわけがな。それで家《や》捜しなされたか」

幹次郎が仙右衛門に問うた。

「かように小さな裏茶屋です、だが、金子を隠すとなると結構考えられる。わっしは、退屈しねえほど天井裏、床下、台所の竈、厠の中まであらゆる場所を何度も繰り返し捜しましたよ」

「で、どこで見つけられた」

「へえ、目の前でございます」

うーん
と漏らした幹次郎の視線が火鉢を見た。

「目の前、この長火鉢に隠しの仕掛けが組み込まれていたか」

「そうではないんで。この火鉢の灰の中に壺がございましてね、おそらく殺されたおそめの貯めた金子も加わっておりましょうが、百三十七両もの小判が入っておりました。野郎に取り出させてやろうと思いまして、また埋め直してございます」

「かように火を使っていては惣三郎に怪しまれるのではござらぬか」

「なあに、あやつがこの家に戻った時点でふん縛ることもできますよ。まずは惣三郎の面を見てみたい」

「しかし、やはりあやつをここまで誘《おび》き寄せるために、この火鉢の火は消しておいたほうがよいのではないか、番方」

幹次郎は重ねて言った。

「秋の夜長、なかなか冷えますぜ」

「屋根の下におられるだけでも幸せではないか、凍え死にはすまい」

「ならば消しますか」

仙右衛門が炭を炭壺に移して火を消した。

夜が更《ふ》けるにつれ、段々と帳場に寒さが戻ってきた。

「これであやつが逃げ出してふた晩目か」

「今晩か明晩には戻ってくると踏んでおるのですがね」

「惣三郎が吉原に戻ってくるとすれば、形は当然変えておろう。金子を取り戻したら、なにがなんでも吉原の外に逃げ出したい。となれば、大門が開いておる引け四つ前ということになるか」

「へえ、そろそろではございませんか」

幹次郎と仙右衛門は帳場裏の狭い台所に引き下がり、闇に身を溶け込ませた。

五つ半が過ぎた頃合い、戸が静かに開けられた様子があった。すると台所まで曲がりくねって寒気が流れ込んできた。

だが、だれかが忍び込んでくる様子はない。

ふたりはただ息を殺して待った。

戸口で気配を窺っていた訪問者が動き出した。暗闇も慣れた様子で帳場にやってくると、手探りで火打ち石を探し、行灯に灯りを点した。

ぼうっ

とした灯りが帳場からこぼれ、灰の中に手を突っ込んだか、

「灰が冷めてねえ」

と訝《いぶか》しげに呟き、さらに急いだ気配を見せて灰の中の壺を探り当て、

「よし」

と押し殺した喜びの声を上げた。壺から布袋にでも移し替えているのか、小判がじゃらじゃらと音を立てた。

幹次郎と仙右衛門が立ち上がり、帳場の戸口に立ち塞がった。

「惣三郎、そこまでだ。会所をようも舐め腐ったな」

仙右衛門の低声が裏茶屋に静かに響いた。

「ああっ」

旅仕度の惣三郎が悲鳴を上げ、

「これは私の金だ」

と叫んだ。

「金はそうかもしれねえ。だが、伏見町鶴亀屋のおそめ殺しの一件はそうはいかないぜ」

「畜生」

と歯軋りするように罵《ののし》り声を上げた惣三郎が布袋を片手に掴み、道中差《どうちゅうざし》を抜くとふたりに向かってきた。

幹次郎も仙右衛門も素手だった。

さあっ

と惣三郎の刃から逃れるように左右に分かれた。

道中差が空《くう》を切り、前のめりにふたりの間を抜けようとする惣三郎の足に仙右衛門が足払いをかけ、どたりと板の間に突っ伏した相手の腰を幹次郎の膝がぐいっと押して、手から道中差をもぎ取った。

惣三郎の手から袋が飛び、小判が散らばった。

「おれの小判だ、おれのものだ」

と惣三郎の悲鳴が響き、

「その言葉はお白洲で言うんだな」

と仙右衛門が言い返して、懐から縄を取り出し後ろ手に縛り上げた。

二

翌朝、幹次郎はいつもより遅く床を離れた。

隣に眠る汀女がいつ床を離れたのかさえ、気づかなかった。もはや浅草寺門前並木町の料理茶屋山口巴屋に出かけている刻限だろうと、障子に差し込む日の光を見て感じた。

裏茶屋〈みちゆき〉で伏見町の鶴亀屋の抱え女郎のおそめを絞殺《こうさつ》した下手人、裏茶屋の主の惣三郎を、仙右衛門が頑張ったおかげでお縄にできた。

惣三郎が女を騙して貯め込んだ百三十七両の金子が諦め切れずに、〈みちゆき〉に戻ってきたところを仙右衛門と幹次郎が捕まえたのだ。

この張り込みは一時、婿として家に入れた口入屋小杉屋のお佳が仙右衛門に言った、

「あいつはね、一分の金子だって諦め切れない奴なんですよ。慌てて逃げ出したんなら、〈みちゆき〉とかいう裏茶屋のどこぞに金を隠してありますって。二、

三日内に必ず戻ってきます、金に惹かれてね」

との言葉を信じてのことだった。

会所には不寝番に金次と遼太のふたりがいて、

「番方、神守様、お手柄でございました」

と迎えた。

ふたりは惣三郎を吉原会所の土間の大柱に縛りつけると朝を待って、面番所に引き渡すことにした。

刻限は八つ過ぎだ。

あと一刻もすれば一夜の夢から覚めた客が引手茶屋からの迎えを受けて、戻り仕度をする刻限だ。

縛られた惣三郎は執着した小判のことしか頭にないらしく、

「おれの金だ、返せ」

と喚《わめ》き続けた。

長火鉢の灰の中に埋め込んであった百三十七両入りの壺は、惣三郎の身柄といっしょに仙右衛門が抱えて会所に運んできて上がり框にどっかと置いていた。

惣三郎の目はその壺に釘づけで、さらに騒いだ。

その声が伝わったか、四郎兵衛が起きてきた。

「こやつがおそめを殺した惣三郎ですか。女はどうしてかようにぬらりとした面と外見に騙されるかね。さもしさが顔に滲《にじ》み出てますよ」

と吐き捨てた。

「なんとでも抜かせ。それよりおれの金を返せ」

惣三郎が最前から繰り返す言葉を四郎兵衛にも言い放った。だが、その目は金子入りの壺を凝視していた。

ちらりと惣三郎の視線の先の壺を見た四郎兵衛が、惣三郎に切り返した。

「おまえ、人ひとりの命を奪っているということを忘れたか」

「たかが小見世の抱え女郎じゃないか」

惣三郎が座敷に立つ四郎兵衛を見ようともせずに喚き返した。

「ほう、大きな口を叩きなすったね。女郎は松《まつ》の位《くらい》の太夫だろうと羅生門河岸の切見世《きりみせ》（局《つぼね》見世）女郎だろうと、人には変わりはございません。おまえはそのような女に集《たか》って生き血を吸って生きてきた外道蝿《げどうばえ》です。人の命と金を騙し取った外道蝿の行き先は、小塚原《こづかっぱら》と決まってます。死人に要るのは三途《さんず》の川の渡し賃、だが、お白洲での態度次第では、六文銭《ろくもんせん》も持たせてもらえないかもしれませんよ」

ようやく惣三郎の血走った眼《まなこ》が四郎兵衛に向けられた。

惣三郎は四郎兵衛の言葉に、初めて己の運命を気づかされたようで愕然《がくぜん》とした顔つきで周りを見回した。

「なぜ鶴亀屋の抱え女郎の首を絞めて殺したな」

「あいつが金を返せと騒ぎやがるから殺したまでよ、それだけの話だ。なんだっておれが死罪《しざい》にならなきゃならねえ」

「愚か者が。今の今まで人を殺せば死罪だなんて考えは頭の中にありませんでしたか。おそめが吉原でどのような暮らしをして金子を貯めてきたか、おまえは考えたことはないのですか。その金を奪い取った外道蝿の惣三郎、とっくりと考えるのですな。奉行所の調べはきつうございますよ、容易《たやす》くは死なせてくれませんよ、覚悟しなされ」

四郎兵衛の言葉に惣三郎は急に暴れ出し、

「死ぬのは嫌だ、放せ。放してくれ」

と騒ぎ立て始めた。

「金次、こやつの口に猿轡《さるぐつわ》を嚙ませなされ。一時の夢を貪《むさぼ》っておられる客にも相手をする遊女にも迷惑だ」

と言い放った四郎兵衛の命を受けて、金次と遼太が猿轡を嚙ませ、大人しくさせた。

「番方、神守様、ご苦労でしたな。こやつの始末は私どもでつけます。惣三郎に裏茶屋の沽券を譲り渡したのは会所の失態です。表の楼や茶屋ばかりでのうて、蜘蛛道にももう少し注意を向けるべきでした」

四郎兵衛が悔いの言葉を漏らして、

「神守様、番方、このところふたりしてまともに寝てはおられますまい。明日はな、いや、もう新しい日がそこまで来ていますな。昼見世の終わったころにゆっくりと顔を出しなされ」

四郎兵衛が腹心《ふくしん》のふたりに遅出を許したのだ。

「ならば、あとはよろしく願います」

両人が七代目と不寝番を務める金次と遼太のふたりにあとを任せて会所を出ると、金次がついてきて大門の通用口を開けた。

「ゆっくりとお休みなせえまし」

金次が送り出し、また通用口に閂《かんぬき》を掛ける音がふたりの背中に響いた。

幹次郎と仙右衛門の前の五十間道には人影どころか犬の姿もなかった。

黙々と五十間道から衣紋坂に上がったふたりは、見返り柳を横目に土手八丁に出た。

冬を予感させる夜風が山谷堀から吹き上げてきた。

「神守様、七代目から話を聞かれましたかえ」

仙右衛門が不意に幹次郎に話しかけた。

「なんの話かな」

「揚屋町の町名主《まちなぬし》の常陸屋《ひたちや》久六《きゅうろく》さんからそろそろ吉原会所の七代目を退《しりぞ》いて隠居なされてはどうですか、との打診があったそうな」

幹次郎は足を止めた。

「打診ですと、脅しのように聞こえるが」

吉原では五丁町《ごちょうまち》にひとりずつ名主が置かれ、これに揚屋町と伏見町をいっしょにして新町と称して名主を加え、七人の名主の中から総名主《そうなぬし》を決めて町制を敷いてきた。これらの名主は楼の主がなることが仕来たりで、吉原会所もこの仕組みの下にあった。だが、だんだん時代とともに吉原の自治と安全を守ることが専門化して、楼の主の片手間仕事ではこなせなくなり、吉原会所の力が表立つようになってきた。

新吉原に移り、百年が過ぎたころから吉原会所は町奉行所の監督権を実質的に肩代わりして、廓内に目を光らせるようになった。

引手茶屋の主、山口巴屋精太郎《せいたろう》が父親の跡を継ぐかたちで七代目四郎兵衛になり、総名主の三浦屋四郎左衛門《しろうざえもん》の強い支持もあって確乎《かっこ》とした吉原会所体制を築いてきた。二十年近く前からのことだ。

「揚屋町の常陸屋さんはそれがしが吉原に関わるようになった翌年に名主になられたのではなかったか」

「いかにもさようです」

「三浦屋様は承知のことでしょうな」

「玉藻様が裏茶屋のわっしのところに食べ物を届けがてら様子を見に来られたときに聞かされた話です。わっしも直に七代目から聞いた話ではないのでございますよ。ひょっとしたら神守様には話がいっているかと思いましてね」

「いえ、ござらんが」

と応じた幹次郎は仙右衛門に、

「総名主三浦屋の旦那方、町名主の総意とも思えません。なぜならそれがしが見るかぎり、会所頭取七代目と総名主の三浦屋四郎左衛門様の体制は強固で、どこからも楔《くさび》を打ち込むことはできますまい」

と尋ね返した。

「三浦屋の旦那が会所の頭取交代を考えておいでなれば、四郎左衛門様自ら四郎兵衛様に相談されるはず。それが名主の中でも新参者の常陸屋が口出しするのはいささか奇妙でございましょう」

「いささかどころか大いに妙です」

「常陸屋の背後にだれか控えているのか」

ふたりは過日経験した失意の騒ぎを思い起こしていた。

老舗妓楼の千惷楼のお職女郎が客と心中騒ぎを起こしたのが発端だった。だが、心中は偽装で真相は殺しだった。

幹次郎と仙右衛門は、突き出し女郎として吉原に送り込まれてきた莉紅《りこう》の過去を探って真相に近づこうとしたとき、四郎兵衛が就任したばかりの南町奉行池田《いけだ》長恵《ながしげ》に突然呼び出され、莉紅の心中騒ぎの真相究明の中止を求められた。その折り、

「そうものが見えんようでは次の世代に跡を譲ることを考えてはどうだ」

と嗾《けしか》けられた。この南町奉行池田長恵の背後には、四郎兵衛が知る人物が控えていた。その人物の正体を仙右衛門が尋ねると、

「番方、私があの世まで抱えていく秘密ですよ」

と四郎兵衛は答えたのだ。

そのときの光景がふたりの脳裏に浮かんだ。

結局、莉紅と客の心中騒ぎの真相は、「未決」に終わっていた。

「神守様もわっしと同じことを考えておいでのようだ」

「あの騒ぎ、まだわれらの知らぬところで続いていると思うたほうがよいのではないか」

「それがこたびの常陸屋さんの強気の背景ではございませんか」

「かもしれぬ」

ふたりは深夜の土手八丁をふたたび歩き出した。

「玉藻様はなぜそのことを承知なのであろう。七代目は会所の務めについて娘の玉藻様に話されたことはないのではござらぬか」

「うっかりしていた。さようなことを玉藻様に打ち明ける七代目ではない。とすると玉藻様はだれから聞かされたか」

「七代目ならばまずわれらに相談なさる、というのはそれがしの自惚《うぬぼ》れでござろうか」

「いえ、間違いねえ」

ふたりはゆったりと歩いていた。仙右衛門が渡らねばならない橋は眼前に迫っていた。

「この一件、『未決』騒ぎが絡んでいるとしたら、吉原会所を、いや、吉原自体のありなしを問う話にならぬか。常陸屋の旦那の四郎兵衛様への打診は、その前触れではござらぬか」

「神守様、間違いねえ。会所頭取がだれぞに代わってよくなるのなら、それもいい。だが、自惚れちゃいねえが、七代目と総名主の体制は、六代目の親父様の頭取時代より、楼にも客にも女郎衆にも支持されているはずだ。それを城中のだれぞが手を突っ込み、掻き回そうとしてやがる」

「許せぬ」

「決して許せることではございませんよ」

「番方、われらは一度あの失意を経験しておる。こたびの一件がそれに繋がるなれば、慎重の上にも慎重を期して行動せねばならぬ」

「いかにもさようでございますよ」

仙右衛門が渡る橋の前に差しかかった。

「姉様を通して玉藻様にこの一件、詳しく尋ねてみようかと思う。吉原内で話すより並木町の料理茶屋で話を聞き、女同士の口からわれらに伝わるほうがよくはないか」

「神守様は、七代目が直ぐにはわっしらに話されないと考えられたのでございますな」

「そういうことだ」

「よし、汀女先生に願いましょうか」

未明の土手八丁でふたりが別れようとしたとき、幹次郎は変心し、

「番方、惣三郎の使い道があった。もう一度会所に戻りたい」

と言い出し、仙右衛門が呆れ顔で幹次郎を見た。

幹次郎が左兵衛長屋に戻ったとき、朝が直ぐそこに来ていた。

汀女は床にいたが、すでに目覚めていた。

「帰られましたか、幹どの」

と汀女が寝床に起き上がった。

「おきちさんの騒ぎから裏茶屋の一件と、幹どのも番方もこのところ寝る間も削って走り回っておられる。体は大丈夫ですか」

「それがし、体だけは丈夫にできておる」

「三十路《みそじ》過ぎ。決して若くはございません」

と汀女が床から起きてきて、火鉢に掛かっている鉄瓶の湯で酒の燗をしてくれた。

「温《ぬる》めの酒を呑《ささ》んで冷えた体を温めてお休みなされ」

「すまぬ」

幹次郎は汀女が手際よく仕度した温めの茶碗酒を口にして喉に落とした。張りつめていた体と気持ちがゆるゆると解けていった。

「本日は昼見世が終わった時分に会所に出ればよいそうだ。四郎兵衛様から番方とそれがし、お許しを得てきた」

「ということは、裏茶屋の一件、落着したのでございますか」

「番方の粘り勝ちだ」

と前置きした幹次郎は、女郎おそめ殺しの顛末《てんまつ》を告げた。

「金が仇《かたき》の世の中とは申しますが、そこまで金子に執着する男は珍しゅうございますね」

「番方とともに大門を出たはいいが、胸の中に殺伐とした風が吹き通るようで、互いに口も利けずに土手八丁まで上がってきた」

「まさかなにか」

と言いながら、汀女が幹次郎の体に血の臭《にお》いを嗅ごうとした。

「だれぞに襲われたわけではない。番方から妙な話を聞かされただけだ。姉様、早起きさせて悪いが、この話を聞いてくれぬか。そう長い刻はかからぬ」

「長かろうと短かろうと、幹どのの気が済むようになんなりと話しなされ。私どもは夫婦《みょうと》にございます」

幹次郎は手に残った茶碗酒を呑み干し、四郎兵衛に降りかかった話をした。

「なんと常陸屋様が四郎兵衛様に隠居せよと申されましたか。どなたかが常陸屋様を唆けておられるようですね」

「姉様もそう考えられるか」

「常陸屋様の楼からも何人か遊女衆が手習い塾に参られます。それらの女郎衆の口から楼主の悪口は聞かれませぬが、褒め言葉もございません。旦那は凡庸《ぼんよう》なお方と見受けます。一方、女将のおだいさんは女郎上がりゆえ、昔仲間には手厳しいそうな。もし、常陸屋久六様が七代目にさようなことを言うたとしたら、まず間違いなく女将さんが承知のことです」

汀女は三日に一度の割で吉原内の引手茶屋の大広間を使い、女郎衆に読み書きから俳句・和歌はもとより、客への誘いの文の書き方などを教えていた。

自分の楼だけではなく、いろいろな楼から仲間が集まる稽古ごとを会所も楼主も推奨《すいしょう》していた。

なぜなら吉原の女郎は上に位が上がれば上がるほど、教養を要求された。それは上客を相手にすることを意味し、遊女はもとより楼や茶屋の稼ぎが上がることを意味したからだ。

汀女にはもうひとつの役目があった。

各楼の女郎が稽古ごとをしながらお喋りするうちに、つい楼に対する不満や仲間内の揉めごと、さらには内心《ないしん》をさらけ出すことになった。

そのような話の中に騒ぎに発展しそうなものがあれば、根が浅いうちに摘《つ》み取り、防止することが汀女に課せられた秘命だった。

かように江戸で暮らして四年余、汀女のもたらした話から女郎の命を救い、楼に被害が及ぶことを防いだ騒ぎは五指を超えていた。

「楼の女将がどのような人物であれ、亭主を唆して会所の七代目に隠居を迫る力などありはせぬ。番方とそれがしが恐れることは、莉紅と客の心中偽装騒ぎの背後に控える陰の存在だ」

「幹どのは、あの騒ぎが未だ続いておると」

「番方もそれがしもそう見ておる」

「吉原を揺り動かす大騒動にございますな」

「少なくとも七代目が隠居させられたら、われらの今の暮らしも終わろう」

「そのようなことは考えもしませんでした」

「ともあれ、われらは全力を挙げて阻止致す。姉様、吉原の外で玉藻様に会うて、その話を四郎兵衛様の口から聞かされたのか、他から聞かされたのか、確かめてはくれぬか。すでに吉原会所の中に常陸屋久六の手先が入り込んでおるやもしれぬでな」

「分かりました」

と応じた汀女が、

「幹どの、疲れた顔をしておられる。私が抱いてあげますで、少しでも休みなされ」

と話し、そのあとで同じ床で寝に就いたのだ。汀女の体の温もりは幹次郎に安心を与え、いつとはなしに眠りに就いていた。

三

幹次郎が、汀女が仕度した洗面用具を持って井戸端に行こうと土間に下りかけると、戸の向こうに人影が立った。

浅草並木町の料理茶屋山口巴屋に行ったはずの汀女だった。胸の前に見覚えのある竹皮包みを抱えていた。

「おや、忘れ物でもなされたか」

「幹どの、もはや昼八つの刻限です」

「なに、昼過ぎとな。前後不覚に眠ってしもうたからな」

「まるで大雨のあとの大川の流れのようにごうごうと鼾を立てて眠っておられました。疲れが溜まっておるのです」

「すまぬ。迷惑をかけたな、姉様は眠られなかったのではないか」

「たまには亭主の鼾を聞いて目を覚ましている未明も、そう悪いものではございますまい」

汀女が敷居を跨ぐ折りに幹次郎は日差しの具合を見てお天道様《てんとさま》が中天《ちゅうてん》過ぎにあることを確かめた。

「幹どの、洗面を済ましなされ。玉藻様と花川戸の〈甘味処かわばた〉で会いましたゆえ、あの話を聞きましたでな」

「おお、早速聞いてくれたか」

幹次郎は汀女と入れ代わりに長屋を出ると井戸端に行った。

刻限が刻限ゆえか、井戸端に人影はなく、穏やかな秋の光が散っていた。

幹次郎は釣瓶で水を汲み、桶に水を張った。釣瓶に残した水を竹柄杓《ひしゃく》で掬《すく》ってうがいをなし、房楊枝で歯を磨くと、また水で洗い流した。そして、桶に張った水で顔を洗い、腰に下げた手拭いで拭ってさっぱりした。

長屋に戻ると、朝餉と昼餉を兼ねた膳の上に温めた蜆《しじみ》の汁を汀女が載せていた。すでに茶も淹れてある。

「姉様が抱えてきた包みは〈かわばた〉の串だんごではないか」

「よう分かりましたな」

「おきちと〈かわばた〉で話し合ったでな」

「私もその例に倣い、玉藻様と〈かわばた〉で会い、女同士のお喋りに興じました。吉原内で注意すべきなれば、並木町の山口巴屋でも気を遣うべきでしょう。どなたかが密偵を入れて、聞き耳を立てているやもしれませぬ」

「並木町には新しい奉公人が入ったか」

「いえ、当初からの奉公人は変わりませぬが、忙しい折りなど口入屋にときに男衆や女衆を頼むこともあります。ですが、だれが怪しいという話ではございません。それは会所とて同じことでございましょう」

「いかにもさよう」

幹次郎は茶に手を伸ばし、

「〈かわばた〉のあんこは美味《うま》いな」

と話柄を転じた。

幹次郎が話を変えたのは仲間を疑《うたぐ》るような己らの言いように嫌悪《けんお》を感じたからだ。同時に「未決」騒ぎがぶり返したのなら、どのような用心をしてもし過ぎるということはない、とも思った。

「おや、幹どのがさようなことを」

「若いうちは甘味などと思うたが、近ごろは体が甘いものを要求しおる」

「それは体が疲れておる証しです。膳のあとに食しますか」

頷いた幹次郎は箸を両手に掲げて合掌した。

蜆の味噌汁に幹次郎が口をつけたのを見て、汀女が話し出した。

「幹どのと番方が二手に分かれて動かれていた最中のこと、つまり幹どのは行方《ゆきがた》を絶ったおきちさんを追いかけ、番方は惣三郎とか申す主が隠し金を取りに戻ってくるのを独り裏茶屋で待っていた間のことです。四郎兵衛様は常陸屋久六様に呼ばれ、楼を訪ねられたそうな。昼見世が始まる前のことであったらしゅうございます。戻ってこられた四郎兵衛様は湯に入られ、長湯をされた。玉藻様が着替えを持って脱衣場に行くと、四郎兵衛様の激しい罵り声がした。玉藻様は父にしては珍しいと、その場に立ち竦んでおられたそうな。すると独り言が聞こえてきたとか」

「七代目が罵り声を上げられ、そのあと独り言をな」

「はい」

「……わしに身を退《ひ》け、さもなくば殺すとな。かようなことは常陸屋久六如きがひとりで考えつくことではないわ。背後にだれぞが控えておる。そやつが三浦屋四郎左衛門様を巻き込み、わしとの仲を裂く算段をしておるのだ。あの常陸屋久六など使い走りに過ぎぬ。陰の人物はだれか」

と怒りを押し殺した言葉が玉藻の耳に入った。玉藻は着替えを脱衣場にそっと置いて、父に声をかけることなく脱衣場から引き返した。

「姉様、七代目に身を退け、と常陸屋の旦那が伝えたのはやはり真であったな」

「さようです」

幹次郎は箸を止めて沈思した。長い沈黙だった。

「四郎兵衛様の独り言を聞いたのは玉藻様だけじゃな」

汀女が頷いた。

「玉藻様は迷った末に番方が承知かどうか知りたくて、番方が潜んでいた裏茶屋を訪ねられたのです」

「経緯は分かった。七代目と三浦屋四郎左衛門様の間柄はしっかりとした信頼で結ばれておる。ただ今の吉原経営の両輪で、どちらが欠けてもならぬ。だれがなにを企てようと仲を裂くことなどできぬ」

己に言い聞かせるように幹次郎は言い切った。

「幹どの、この話が廓内で噂になることをなんとしても阻《はば》まねばなりますまい。無責任な噂話が罪なき人を追いつめることもありますす」

「そうか、さようなこともありえるか」

「およそこの話を知る者は当事者の四郎兵衛様を省き、父御の独り言を聞いた玉藻様、仙右衛門様、そして、幹どの、私とこの四人です」

「信用できる仲間ばかりではないか」

「いかにもさようです。私どもが考える以上に吉原会所七代目頭取の四郎兵衛様と老舗の大籬三浦屋の旦那四郎左衛門様の二人体制が弱っているのか。あるいは私どもが知らぬ者たちが介在して、おふたりの信頼関係を揺さぶっておるのか」

汀女の推量に幹次郎の背に悪寒《おかん》が奔った。

「なきにしも非《あら》ずじゃな」

「どうなされますな。いや、それより前にまず飯を食しなされ、幹どの」

幹次郎は汀女の勧めに従い、黙々と烏賊《いか》と大根の煮物を菜に遅い朝餉を食した。淹れ直された茶を喫すると、

「姉様、なんとしても三浦屋の旦那と七代目の命は守らねばならぬ。それが日ご

ろ、吉原に世話になってきたわれらの務めじゃ」

頷いた汀女が問い返した。

「どこから手をつけなさるおつもりです」

「常陸屋久六の身辺を探るのが常じゃな。そのためには番方と話し合っておかねばならぬ。この話、小頭の長吉どのらには伝えぬほうがよかろう」

「私もそう思います」

汀女が竹皮包みを開いてあんこの載った串だんごを皿に取り分けた。

「頂戴しよう」

と幹次郎は〈かわばた〉の串だんごを一口食べ、

「やはり美味いな」

「この味が分かるようなれば、幹どのはなかなかの甘味通でございますぞ」

「あと何本残っておる」

「長屋の衆に分けてもよいと二十買ってきました。いかに幹どのでもすべては食べ切れますまい」

と汀女が笑いかけた。

「姉様、残りを頂戴してよいか」

「会所に持っていかれますか」

「いや、山谷の柴田相庵先生の診療所に持っていこうと思う。今なら番方は未だ住まいにおられよう」

「残りものですが、ようございますか」

「知らぬ仲ではなし、気にせず受け取ってもらえよう」

「ならば幹どの、仕度をなされ。その間に包み直しておきます」

と汀女が心得て言った。


山谷のお助け医師と呼ばれる柴田相庵の診療所には今日も多くの病人や怪我人が詰めかけていた。だが、昼下がりの刻限ゆえ診療は休憩に入り、診察を待つ患者たちは日だまりで時をのんびりと潰していた。

幹次郎は診療所のある母屋ではなく、庭伝いに仙右衛門とお芳の住まいの離れ屋に向かった。離れ屋と称しているが、元々相庵の隠居所として造られた一軒家で、背後には雑木林があり、前庭に接して畑が広がっていた。

昼餉でも食しているのか、相庵の大きな声が庭に響いてきた。

と、幹次郎が開け放たれた表口の敷居を跨ぎ、

「時分どきにお邪魔致します」

と声をかけながら土間の奥に向かった。すると台所の板の間で三人して仲よく膳を前にしていた。

「なんだ、会所の神守さんか」

と相庵が応じて、せっかちに残り飯を搔き込んだ。

「先生、患者には腹七分目にして食べ物をよくよく嚙めと仰るくせにご当人はまるで腹を減らした子供みたいに召し上がります。これでは医者の不養生《ふようじょう》、空言《そらごと》と言われても仕方ございませんよ」

「お芳、飯はな、搔っ込んでこそ美味いのだ。だれしも商い上の建前はあるものよ」

と相庵がお芳に言い返した。

「胃が張ると言うて、私に内緒で先生が練薬《れんやく》して服用しておられるのを知っております。医者が病に倒れたら洒落にもなりません」

「分かった、お芳。会所のお侍さんは仙右衛門と内緒話があるとみた。わしらは診療所に戻るぞ」

とお芳を急かした。

「先生、日一日とせっかちが増しますよ。見習い医師方が困惑しておられます」

「煩《うるさ》く言わんでも分かっておる」

相庵とお芳のやり取りはまるで実の父娘のようだ。相庵、仙右衛門、お芳とだれも血の繋がりはないが、今では幸せな身内そのものであった。

幹次郎は板の間に上がると腰を下ろし、竹皮包みを膝の前に置いた。

「珍しゅうございますな」

仙右衛門が応じた。

「いや、姉様が吾妻橋際の〈甘味処かわばた〉の串だんごを購《あがな》ってきたのだが、一本頂戴してふと思ったのだ、これを性急な気性の柴田相庵先生に食してもらえば、少しはのんびりとなられるのではなかろうかとな。それで残りをかように持参したのだ。お芳さん、相庵先生が茶を一杯喫するくらいの暇はあろう」

「神守様、〈かわばた〉の串だんごはあんこが美味しいのですよね、私、大好きです」

お芳が茶を淹れ替えた。

「先生、どうなされます」

「お芳、どうなされるとはどういうことか」

「診療所に早々にお戻りになられますか」

「わしが甘味に目がないことを知りながら、仙右衛門、おまえの女房は意地が悪いぞ」

と相庵が仙右衛門にぼやいた。

「吉原を出たときは気立てのいい娘でした。意地が悪くなったとしたら、柴田相庵先生の診療所に来てからの話です」

「ふん、夫婦してわしを苛《いじ》めよるわ。神守さんや、串だんご頂戴しよう」

と包みを引き寄せて開くと串を摑み、むしゃむしゃと食べ始めた。

「うん、美味い。〈かわばた〉の串だんごは久しぶりに食する」

相庵は、お芳が淹れた茶を喫しながら二本目を食べ、

「満足満足、神守さんや、医者の不養生も悪くはない。診療所に先に戻ってな、お芳の見ぬところで胃薬を飲む。いや、胃薬を飲む価値がある串だんごであった、礼を言う」

と言い残すと、さっさと離れ屋から診療所に戻っていった。

「先生ったら、私たちがまだ手をつけてもないのに二本も食べたわ、呆れた」

「お芳、ふだん家を空けておるおれがいるものだから、遠慮をしておられたので

はないか」

「そんな、先生が遠慮ですって、そんなことないわ。私がね、昼餉をこちらで食べるように願ったのは、先生ったら、診療所にいると一日じゅう患者さんやら怪我人の治療を続けて体を休める暇がないからよ。少しでも仕事から離れることは大切でしょ」

とふたりに言いかけたお芳が、

「もっともこのふたりに同意を求めても馬の耳に念仏だわね。昼だろうが夜だろうが見境なしに御用御用ですもの」

と嘆いた。

「すまぬ、お芳さん。貴重な身内だけのときに邪魔をした」

「神守様、いいのよ。汀女先生だって耐えておられるのですもの。あっ、そうだ、この串だんご、診療所に持っていってようございますか、若い御医師や手伝いの女衆に食べさせたいの。おふたりはどうせだんごより御用でございましょ」

お芳が幹次郎の魂胆を見抜いていった。

「番方は甘いものは食せぬか。ならば好きになされ」

幹次郎はお芳に答え、〈かわばた〉の串だんごもこれだけ喜ばれるならば本望《ほんもう》

かと思った。お芳が昼餉の後片づけを手早く済ませると、

「おまえさん、行くわね」

と声をかけ、診療所に戻っていった。

「お芳さんもおかみさんが板についてこられた。それ以上に相庵先生を実の父以上に想うておられるのが微笑《ほほえ》ましい」

「寄せ集めの一家ですがね」

「いや、実の親子以上に麗《うるわ》しい。それもこれも番方、そなたの決断があればこそだ」

「本日の神守様はやたらにわっしらを持ち上げますね。なんぞございましたので」

「なにもない。姉様が玉藻様とな、〈かわばた〉で会うたのだ。その話を最前の串だんごといっしょに長屋に持ち帰ってきた」

ああ、と得心する仙右衛門に、玉藻がなぜ、揚屋町名主の常陸屋久六が四郎兵衛に身を退くように勧めたことを承知していたか、その経緯を告げた。

「七代目はなんぞ思案するとき、湯の中でなされますからね。まさか独り言が玉藻様に聞かれていたとは、よほど周りのことを気にする余裕がなかったようです

な。迂闊《うかつ》でした」

「じゃが、われらにとっては幸いであったと思わぬか。そのおかげで事前に策が立てられるではないか」

幹次郎は汀女の推量も仙右衛門に披露した。

「かような四郎兵衛様の独り言が廓内に流れ出ると、妙な連中が現われて三浦屋の旦那や七代目に刃を向けてくるなんてことがありましょうかねえ」

と仙右衛門が首を傾げながら漏らし、

「まさかとは思うが、それがし、さようなことを漠と案じておる」

と幹次郎が応じた。

「神守様、なんぞ考えがございますか」

「この話、七代目からわれらに話があるまで知らぬ顔をすることが第一ではないか。ともかく、ただ今のところ話が拡がらぬようにすることが肝要かと思う。その上で番方とそれがしが密かに動く」

「わっしらはなにをすればよいので」

「常陸屋久六の交友関係、付き合いのある客を調べ上げる。われらがともに内心で危惧《きぐ》している相手なれば、身許は分かっておる」

「煮え湯を飲まされた広敷番之頭《ひろしきばんのかしら》古坂玄堪《こさかげんたん》にございますな」

幹次郎は頷いた。

仙右衛門は長いこと沈思した。そして、口を開いた。

「わっしは神守様の考えが的外れと言うておるのではございません。されど考え直してみれば、ただ今の段階で、過日わっしらが地団太《じだんだ》を踏んだ『未決』騒ぎが再燃したと決めつけるのはどうでございましょう」

うーむ、といささか早計に推量していた幹次郎は不意を突かれた感じがした。

「いかにもそれがし、性急に動こうとしていたな。もう少し視野を広げてみるべきであったかもしれぬ」

「神守様に今さら説くのもなんだが、新吉原になって百年の歳月が優に過ぎております。元吉原の慣習やら仕来たりを引きずっていることもたしかでございます。たとえば吉原を五丁町と呼ぶのも京の島原《しまばら》、元吉原以来の引き写しでございます。京町一、二丁目、江戸町一、二丁目それに角町の五町が今も吉原を主導しております。ために、伏見町や揚屋町は五丁町ではあるが新町と称され、名主はおりますが五丁町のそれより格下と見られております。その格下が七代目の吉原会所頭取に牙を剝《む》いた。常陸屋久六独りの考えではないことはたしかだ。そいつを神守様とわっしでどこまで突き止められるか、過日の二の舞は演じたくございませんや」

「最前の番方の指摘のように過日の関わりと決めつけるのはやめておこう。それがしは吉原の外から常陸屋久六を見張っていよう。番方は廓内から常陸屋を密かに調べ上げてはくれぬか」

「承知しました」

ふたりの合意はなった。

四

その日の夕暮れどき、神守幹次郎は浅草広小路から雷御門を抜けて浅草寺の本堂の前を通りかかり、足を止めた。

浅草寺境内の西側に広大な火除地《ひよけち》が広がっていた。そちらの方角の空に釣瓶落としの秋の日が消えて残照が真っ赤に燃え上がり、幹次郎ばかりか参詣の人々の目を奪っていた。

だれもが自然の営《いとな》みが創り出す荘厳《そうごん》な一時を見つめていた。

幹次郎は馬喰町《ばくろちょう》の煮売り酒場に身代わりの左吉を訪ねての帰りだった。

先日、左吉に横川町の船問屋の須崎屋八郎右衛門の身許調べを願っていた。だが、左吉からはなんの連絡も入ってきていなかった。左吉が幹次郎に願いごとを頼まれて、そのままということはこれまでなかった。

須崎屋の一件はもはや幹次郎らの手を離れていた。その報告と同時にこたびの一件、新町名主の常陸屋久六についても、廓外で悪い噂が流れているかどうか、訊いてみようと虎次《とらじ》の酒場を訪ねたのだ。すると小僧から料理人見習いに昇格した竹松《たけまつ》が、

「おや、神守様、左吉さんを訪ねてこられましたな」

「いかにもさよう」

「言づけがございます」

と言った。

竹松は常連の客に注文の菜を運んできたところらしい。秋らしく秋刀魚の塩焼きだった。もはや小僧だった面影はなく、一端《いっぱし》の料理人の面構えだった。

「左吉どのは本業で小伝馬町に入られましたか」

「義理のある旦那に頼まれ断わり切れなかったそうです。神守様の調べの目途が

つかないうちにかような仕儀《しぎ》となり、真に申し訳ないって伝言を頼まれたんでございますよ」

「本業なれば致し方ない。それにしても秋も深まり、格子の向こうに座るのは楽なことではあるまい」

「会所の旦那、左吉さんにとってはわが家に戻ったようでさ、馴染の場所だ。新入りと違い、いつ入ったって牢名主から一、二枚の畳は頂戴できるんだそうでございますよ。まあ、それには十分な金子《つる》が渡ることになりますがね。おれたちの予測じゃあ、あと十日《とおか》は出てこられないね」

秋刀魚の塩焼きを頼んだ常連客が幹次郎に言った。

「そんなわけなんです。神守様、一杯呑んでいかれますか」

奥の調理場で話を聞いていたか、縄暖簾を分けて虎次親方が姿を見せた。こちらは燗のついた徳利を二本盆に載せていた。

「おや、本日は親方と竹松どの自ら応対か」

「このところ台所を手伝ってくれていた小女の家に不幸がございましてね、弟が流行病で亡くなったんですよ。今晩は通夜《つや》てんでうちもてんてこまいだ。だけど、神守様を接待するくらいはできますぜ」

「親方の申し出は左吉どのが牢屋敷から出てこられた折りに取っておこう。本日はこの足で吉原に戻る」

「吉原か」

と思わず幹次郎の言葉に反応した竹松が言葉を漏らし、

「ううーん、いけねえいけねえ。吉原なんてふた文字はおれには無縁のところだ」

と己に言い聞かせると調理場に戻っていった。

「竹松どのも大人になられたな」

「神守の旦那方の世話でさ、あいつが吉原で筆下ろししたあのときが懐かしいや。おかげ様で真っ当な包丁人の道を歩いていまさあ」

虎次親方の言葉に頷き返した幹次郎はその足で浅草寺まで引き返したところだった。

茜色だった空が真っ赤へと移り変わり、濁った血の色へと変じようとしたとき、幹次郎の背に声がかかった。

「やはりそなたとの縁はこの浅草寺が取り持ってくれるようじゃな」

南町定町廻り同心桑平市松だ。この桑平とは雷御門傍らの質商小川屋《おがわや》の一家奉公人殺し以来の付き合いだった。そして、つい先日も須崎屋の一件で非番の桑平らの手を借りていた。

「おや、桑平どの、須崎屋の一件、調べはつきましたか」

「調べもなにもあるものか、真相は城中のだれかから鶴のひと声がかかり、押し潰された。その代わり、北町の連中は大手柄であったとお褒めの言葉があって報奨金が出るらしい」

「月番は北町でございますからな。桑平どのら南町の面々が主に活躍されたにもかかわらず報《むく》いひとつございませんでしたか」

まあ、致し方ないわと潔《いさぎよ》い言葉を吐いた桑平同心が言った。

「神守どの、ちょいとそれがしに付き合うてはくれぬか。ある一件をもっていささか憂さ憂さしておるのだ。それとも相変わらず多忙な身で走り回らされておるのか」

「まあ、そんなところにございます」

と応じた幹次郎は迷った。

三浦屋四郎左衛門と四郎兵衛が危険に曝されるかもしれない新たな騒ぎの出《しゅっ》来《たい》だ。左吉の知恵は借りられず急ぎ吉原に戻る途次《とじ》だった。

幹次郎はふと考えを変えた。身代わりの左吉に願おうとした知恵を桑平同心に借りようかと考え直したのだ。同時に吉原内の話を定町廻り同心に相談してよいものかどうかと逡巡もした。

「そなたには礼を言わねばならぬしな」

「なんでございますな」

「今朝方のことだ。わざわざそれがしを浅草田圃に呼び寄せて、裏茶屋の主の惣三郎をお縄にした一件に決まっておろうが」

「ああ、そのことですか」

「そなたらで始末すればよい話を廓の外に惣三郎を連れ出してそれがしの手柄にさせた。それも百三十七両付きの獲物だ」

「いつも面番所の手柄にさせるのは癪《しゃく》のタネと番方と話し、七代目にお許しを得てのことです。桑平どのには須崎屋の一件で貧乏籤を引かせた。まあ、そのお詫び代わりと思うてくだされ」

「うちは非番月ゆえ新たな件は担当できぬ。じゃがそなたの知恵もあり、前々からの探索中の一件ということで、南町で裁《さば》くことが決まった。惣三郎などという女たらしの調べより百三十七両にわが上役は関心を持っておられる」

「惣三郎に身内はおりません。死罪は免れぬ惣三郎に不要な金子です。まさかすべてを上役に差し出されたのではございますまいな」

「なに、いくらかそれがしが間引《まび》いてもよかったのか」

「汗掻き料として当然のことです。番方とも話し合ってのことでした」

「ふーん、早くそう言うてくれればよいものを。まあ、奉行所の探索方の費《つい》えはいつも底をついて苦労しておるのだ。そちらに組み入れられれば生きた金として使える」

桑平市松の返事はいつも通り潔かった。

幹次郎は桑平といよいよ呑みたいという想いを抱いた。

「この界隈に知り合いがございますか」

幹次郎はちらりと並木町の山口巴屋に桑平を招こうかと迷った。だが、桑平は幹次郎の考えを読んだように、

「並木町は行かぬぞ。いや、一生に一度くらいなれば山口巴屋の座敷に上がりたい気持ちもないではないが、貧乏同心の懐具合ではざっかけない呑み屋がよろしい」

桑平同心は馳走する心づもりで誘ったようで、雷御門のほうに幹次郎を連れて

いった。

浅草寺境内火除地の端っこに軒の低い小屋掛けの呑み屋が十数軒並んでいた。虎次親方の煮売り酒場より数段下の、馬方、大八車の人足、駕籠舁《か》きなど力仕事の連中が集まる呑み屋だった。

その一軒の前で一本差しにした刀を腰から抜いた桑平が、

「婆さん、生きておるか」

と言いながら頭を下げて店に入っていった。

幹次郎も無銘の剣を鞘ごと腰から抜くと、桑平同心に続いた。

土間の真ん中に大きな囲炉裏《いろり》があって、その一辺に婆さんと呼ばれた老婆が前屈みに座り、残りの三辺に客が座るのだろうが、だれもいなかった。

囲炉裏には自在鉤《じざいかぎ》に鉄鍋が掛かり、得体の知れない獣肉《ももんじ》が煮えていた。どうやら婆さんの店の売り物はこの鍋料理らしい。

「桑平の旦那が姿を見せるようじゃ、今宵も客は来ないかね」

前屈みの姿勢のまま顔だけを桑平に向けた。

「客が来ないのはおれのせいか。懐具合が悪いんで客が来ないんだろうが」

「町奉行所は金回りをよくする役目もあるんじゃないか」

「違《ちげ》えねえ。だがな、婆さん、おりゃ、一介の定町廻り同心だぜ。世の中の金回りをよくするなんて手妻《てづま》は使えねえよ」

桑平同心が巻き舌で言い放ち、婆さんが、

「ふーん」

と鼻で返事をして、鉄鍋に野菜を放り込みながら幹次郎を見た。

「新顔だね、役人か」

「おれといっしょの同心どのだが、御用も剣術の腕も達者な御仁だ。吉原会所の裏同心どのだ」

「なんだ、汀女先生の旦那かえ」

幹次郎は、不意を突かれたように、ぽかんとして蓬髪《ほうはつ》の老婆を見た。

「姉様をご承知か」

「ご承知ってほどじゃないがね、並木町の料理茶屋山口巴屋を切り盛りしている汀女先生を知らない者はこの界隈にはいないよ。男ばかりか女が惚れるいい女だね、おまえさんのおかみさんはよ」

「まさか姉様の名を初めて訪れた店で聞くことになるとは、考えもしなかった」

「神守どの、しっかりと汀女先生を摑まえておかぬと逃げられるぞ」

桑平まで老婆の口車に乗って言った。長い付き合いが感じられるふたりの話しっぷりだった。

大ぶりの器に温めの燗酒が注がれて、木製の柄の長い板団扇《いたうちわ》のような道具に載せられてふたりの前に突き出された。

「店は見ての通りの小屋掛けだ、給仕《きゅうじ》は歳がいくつかも分からぬ婆さんだ。下り酒ではないが青梅《おうめ》近辺の酒蔵が醸造した酒で不味くはない」

「正直に美味いって言えないかね、偏屈《へんくつ》同心が」

「ああ、おれの褒め言葉の流儀だ、一々文句をつけるねえ」

ふたりの掛け合いを聞きながら、頂戴する、と呟いた幹次郎は温めの燗酒を鼻に持っていくと、ぷうんと爽やかな風が吹き抜けるような香りがして、口に含むと舌にまろやかな酒精が広がり、喉に落ちていった。

「これは美味い」

正直な気持ちだった。

前屈みの婆様が顔を上げると囲炉裏の火が顔に当たり、円《まる》い顔の穏やかな目が微笑んだ。

「見な、素直な男はいいね、汀女先生が惚れるはずだ」

「ふーん、おれの扱いとはえらい違いだ」

と桑平が文句を言ったが、満足げな笑みを顔に浮かべていた。

「神守どの、本日はどちらに参られた」

不意に桑平の話柄が変わった。

「身代わりの左吉と申す御仁に会いに行きました」

「そなた、左吉を承知か」

「しばしば左吉どのの経験と知恵を借りておりましてな」

「あやつ、牢屋入りしておらぬか」

「はい。会えませんでした」

「知恵を借りに行くと申されたな。また騒ぎかな」

と桑平同心が幹次郎を見て尋ね、

「この店ならなにを話してもよい。婆さんは今朝なにを食うたかも忘れる惚《ほう》け者だ」

と老婆に視線を巡らして言った。

「よう言うよ」

老婆が呟くと、鍋で煮込んだ食いものを丼に注いでふたりの前に供した。例の柄の長い板団扇だ。

「何十年も継ぎ足してきた猪鍋《ししなべ》でな、味噌仕立てが口に合うかどうか知らぬが試してみられよ」

「頂戴しよう」

「これから寒くなる時節には堪《こた》えられぬ」

幹次郎は猪肉を口に入れた。臭みもなく柔らかく煮えていた。

「絶品じゃ」

老婆がちらりと顔を上げた。得意げな顔つきだった。歳がいくつか想像もつかなかった。

「騒ぎとは言えないが、いささかそれがしや番方には気にかかる話なのです」

「廓内の話だな」

「この話、七代目に関わることで、それがしにも番方にも直に話があったわけではないのだが」

と前置きして桑平同心にすべてを告げた。

話が終わったとき、桑平同心は掌《てのひら》の上で杯を弄《もてあそ》んでいたが、

「婆さん、酒がねえぞ」

と新たに注文し、板団扇が差し出されて桑平だけが空の杯を載せた。

「揚屋町の名主が七代目頭取に盾突いたとな、そなたの口ぶりからして大した楼主でもなさそうな。となるとその背後で常陸屋久六を操る人物がだれかを気にしておられるのか」

桑平の問いに頷いた幹次郎が、

「南町奉行は池田長恵様に代わられたばかりですな」

幹次郎は不意に話の矛先を変えた。そうしながら先日吉原を襲った「未決」騒ぎの推移と結末を桑平に話したものかどうか迷っていた。

「うん、なにか南町と関わりがあるか」

「いえ、常陸屋久六の背後にだれがいてもおかしゅうはございますまい。吉原は官許の遊里ゆえ隠密廻りが詰められて廓内の監督差配をなされます」

幹次郎はやはり「未決」騒ぎの経緯は未だ桑平にも話すべきではないと考え、こう答えることにした。

「それは表向き、実態は隠密廻りを骨抜きにして吉原会所が牛耳っておるではないか。それはだれもが承知のことだ」

と答えた桑平が、

「まさかそなた、南町奉行の池田様が吉原の監督権を会所から面番所、すなわち奉行所に取り戻そうと考えておると勘繰《かんぐ》ったか」

と幹次郎を睨んだ。

「ただ今は吉原会所と五丁町から選ばれた名主方との緊密な連携で確乎とした体制ができ上がっており、滞《とどこお》りなく機能しているものとわれらは思うて参りました。それが内々から背信《はいしん》の声が上がったことに驚いております。こたびの常陸屋の申し出をあからさまに拒《こば》んだとき、ただ今の吉原の頭分、三浦屋四郎左衛門様と七代目頭取が抹殺《まっさつ》されるまでに至るのではないかと恐れておるのです」

「神守どの、考え過ぎではないか。そなたのような凄腕の裏同心どのがついておられるのだぞ」

「ひとりの者の力などかぎりがございますでな」

桑平同心が黙り込んだ。

二杯目の酒が板団扇に載って差し出され、桑平は杯を摑んで、

ぐびっ

と口をつけた。

「神守どの、どうやらそれがしに話せぬことを肚に溜めておられるようだ。その

ことをここで問い質そうとは思わぬ。話をできる折りが到来したならば、そのとき話してくれればよい」

「相すみませぬ。中途半端な話で」

「で、それがしになにをせよと申されるな。南町奉行所の内部を探れと言われるか」

「いえ、さようなことを桑平どのに願うわけにはいきません。常陸屋久六が廓の外で付き合う人物がだれか、もし町廻りで小耳に挟まれたらお教え願いたいのです」

「その程度なればできぬ相談ではない。吉原会所にもそなたにも義理というか借りがあるでな」

「われらと桑平どのの間に義理や貸し借りは一切ございません。廓の内外、互いが助け合い、補い合う関係であればよいと思うております」

ふっふっふふ
と桑平同心が笑った。

「そなたの口車には棘《とげ》も仕掛けもないように思える。それが怖いところよ。いつの間にか、面番所の隠密廻りのように骨抜きにされてしまう」

「会所とて相手を見て話を致しましょう。桑平どのにはその手は通じません」

桑平市松が幹次郎の手の酒器を覗き込み、

「酒が減っておらぬな」

と呟いた。

長い秋の夜になりそうな感じだった。

第五章　七代目の危機

一

数日穏やかな日が続いた。

野分《のわき》が吹く前には奇妙に静かな日が続く、幹次郎はそんな気配を感じていた。いや、風の話ではない。

「七代目が身を退くように」

と常陸屋久六が言ってのけた一件だ。

この日、汀女と同じ刻限に床を離れた。そこで朝餉の膳をともにした。

「幹どの、四郎兵衛様や四郎左衛門様に降りかかる一件がうまく解決致しましたときには、浅草田町一丁目の寺町にある家を見に連れていってくだされ」

「うむ、姉様、長屋を引き払う気になったか」

「いえ、左兵衛長屋の暮らしには未練がございます。されど、小体ながら一軒家に住まいをなす気持ちとはどんなものかと、ふと思うようになりました」

「玉藻様に勧められたか」

「それもございます。一軒家なればなんぞ気持ちが変わるかとも考えたのです」

「われら、吉原に拾われて四年もの時が過ぎた。暮らしを変える時期かもしれぬ。後日、いっしょに見に参ろうか」

幹次郎は、汀女といっしょに左兵衛長屋を出た。

料理茶屋山口巴屋では仕入れなどがあるために朝早くから魚屋や野菜売り、鶏卵《たまご》売りなどがやってくる。そのような仕入れのすべてを任された汀女の勤めも早い。

長屋の女衆に見送られて木戸を出たのは五つの刻限だ。

汀女は浅草田圃を抜ける道よりいささか遠回りでも、山谷堀沿いに今戸橋を出て御蔵前通りを吾妻橋に向かう道を通った。そのほうが人の往来も多く、安全だからだ。

土手八丁に出たところで足田甚吉《あしだじんきち》にばったりと会った。

「幹やん、姉様といっしょにお勤めか。早いではないか」

甚吉は、豊後岡藩時代に下士《かし》や中間《ちゆうげん》らが住む同じ長屋で幹次郎や汀女と育ったのだ。料理茶屋山口巴屋に奉公するようになったのも幹次郎の口利きであり、汀女の下で働く甚吉の言葉遣いは幼馴染そのもので昔と少しも変わりがない。

「おはつさんや子どもたちは息災か」

「おはつは日に日に小煩くなる。初太郎《はつたろう》はおはつの口真似で、おれが酒を呑み過ぎる、煙草を吹かし過ぎるといいよる。銭は持たしてもらえんし、おれの居場所などどこにもないぞ」

「そなた、身内に不満しかないのか」

「うーん、不満な。そうや、下の子はまだ生まれて一歳ゆえ、夜泣きして小便を漏らすくらいで愛らしいわ」

「幸せではないか。みながそれだけそなたの身を案じておるのだ」

おお、そうだ、と甚吉がなにかを思い出したように幹次郎と汀女に顔を寄せた。

「ふたりして水臭いではないか」

「なんの話か、甚吉」

「長屋を出て一軒家に移り住むそうではないか」

「やはり真の話か。ああ、どんどん幹やんと姉様は出世しておれから遠のいていく。おれだけががみがみ言うおはつに迫られ、泣き言を聞かされて長屋暮らしだ。なんの因果《いんが》だ」

「耳聡《みみざと》いな」

「甚吉、早とちりするでない。いかにもさような話は七代目からあった。見たのはそれがしだけだ。姉様も未だ見ておらぬし、引き移るかどうかも決めておらぬ。そなた、どこでその話を仕入れたな」

「そりゃ、山口巴屋の女中頭のおかつが仲間に話しているのを小耳に挟んだのだ」

「まあ」

と汀女が困惑の顔をした。

「姉様、奉公人なんて主や番頭の話に聞き耳を立てるのが習い性だ。話が真なら致し方あるまい」

「甚吉さん、私は山口巴屋の帳場を預かっている身です。奉公人が決まりもしない話をあれこれと口にするのはご法度です。それでは玉藻様に言い訳が立ちません」

「姉様、そんなことよりその家は浅草田町一丁目の寺町にあるというではないか。ちらりと見ていかぬか」

甚吉の提案に幹次郎と汀女は顔を見合わせた。

「引っ越しを迷っておるのであろうが。姉様が見てだめなら四郎兵衛様に早々に断わるまでだ。見もしないであだこうだと言い合うても致し方あるまい」

「姉様、最前、一度見たいと申されたな。覗いて参ろうか」

幹次郎がその気になった。

「家には戸締まりがしてございましょうに」

「鍵があるところは承知だ。四郎兵衛様にいつ何時でも見てよいとの言葉は頂戴しておる」

「よし、行くぞ」

甚吉が張り切ってふたりの先に立った。

開け放たれた家の縁側から見る庭の柘榴の実を鳥が突《つつ》くのか、ぱっかりと割れて残った実が紅色に輝いていた。

「まあ、柘榴の木が江戸にもございましたか」

汀女は驚きの言葉を漏らしたきり、しばし黙って柘榴の木を見た。

柘榴は石榴とも記し、原産は異国のペルシャ地方ということを汀女は知っていた。

日本には平安時代より庭木として栽植され、本州以西の地で庭木としてしばしば用いられ、豊後岡城下の武家屋敷ではよく見られた。だが、汀女も幹次郎も江戸で柘榴の木を見たことがなかった。

汀女は柘榴の木から離れた場所に紫式部《むらさきしきぶ》の小さな丸い実が群れて紫色に熟しているのに目を留めた。

(なんと風情のある庭であろう)

手入れされていたものが、住まいする人がいなくなり適当に荒れていた。それがかえって風情を醸し出していた。そんな汀女の想いは甚吉の言葉で消えた。

「幹やん、店賃《たなちん》は高いのか」

「店賃など四郎兵衛様は申されなかった」

四郎兵衛はこの家を幹次郎と汀女のために購ったようで沽券ごと渡す気だった。

だが、そのことは甚吉の前では言わなかった。

「長屋はただで住んでおるな。こんどはそうはいかぬぞ」

三人は浅草田圃が見える北の縁側に移った。

「こりゃ、夜になると吉原の灯りが煌々《こうこう》と浅草田圃を照らして眺めがよいぞ。姉様、迷うことはない。この家に移り住め」

甚吉が唆すように汀女に言った。

「甚吉さん、そう容易い話ではございません」

「夫婦して吉原のため、さらには山口巴屋のために身を粉《こ》にして働いておるのだ。戻った先が吉原勤めの者ばかり住む長屋では気の休まることがあるまい。幹やん、姉様のために決断せえ」

甚吉がこんどは幹次郎に迫った。

「この家に住むとなるとふたりだけとはいかぬぞ。小女のひとりも住み込みで雇わぬと恰好《かっこう》がつかぬ。よし、おれが気立てのよい娘でな、そろそろ奉公に出なければならぬ娘を知っておる。父親は大工だ、酒呑み仲間ゆえ訊いておく」

「甚吉、早まるな」

「善は急げというではないか。幹やんは七代目によろしくお願いしますと頭を下げればよいことだ。姉様、そろそろ並木町に行かぬといかぬぞ」

せっかちな甚吉にふたりして引き回された感じだ。

「戸締まりはそれがしがしていく。甚吉、姉様といっしょに先に並木町に参れ」

「おお、そうでした」

独り合点した甚吉が汀女を伴い、浅草寺寺領の家をそそくさと出ていった。

独り残された幹次郎は、浅草田圃側の雨戸を閉じ、前庭の見える南側の柘榴の木のある庭の雨戸を閉じようとして、しばし柘榴を眺めた。名も知らぬ鳥が実を突いていた。

柘榴の実　名もなき鳥が　ついばみぬ

情景そのままじゃな、と頭に散らかった五七五に我ながら呆れた。

雨戸を一枚一枚ゆっくりと閉じて、猿《さる》を掛けた。

表戸から差す光が唯一の明かりだった。外に向かおうとした幹次郎はだれかに見られているような感じがした。しばしその姿勢で五感をその「眼」に集中させてみたが、そのときには掻き消えており、気のせいかと思い直した。

幹次郎は吾妻橋際の〈甘味処かわばた〉に立ち寄ると、

「神守様も、うちの串だんごがお好きになられたようですね」

と女将が笑って幹次郎が注文したよりも串だんごを二本おまけしてくれた。

その包みを提げて吉原会所に出た幹次郎は、まず四郎兵衛に浅草寺寺領の家に汀女を連れていったことを告げた。

「ほう、汀女先生のお考えはどうでございましたな」

「柘榴の木の庭にいたく感じいったようで見惚《みと》れておりました」

「異郷の木じゃと聞いたことがございます」

「岡城下にはそう珍しくない樹木ですが、そう言われてみると江戸で見たのは初めてかもしれませぬ」

「汀女先生に気に入っていただくと、私のお節介も実がなるというものですがな」

「気に入るもなにもわれら夫婦には贅沢過ぎまする。その辺の気持ちにそれがしも姉様も折り合いがつくかどうか」

「夫婦して困った御仁です」

四郎兵衛が苦笑いした。

「四郎兵衛様、なんぞ格別な御用はございますか」

幹次郎は四郎兵衛に常陸屋の一件を念頭に尋ねてみた。

「いえ、格別ございません」

と答えた四郎兵衛が、

「ああ、そうでした。髪結のおりゅうが昨日でしたか、おきちの一件で会所に世話をかけたと礼に来ました。これが私どもの務めと答えておきましたよ。おきちは花川戸の甚五郎親方の下で奉公を続けるようですな」

「おきちは吉原を見て、己の行く道を定めたようです」

「こたびのことがなんぞ役に立ったのならば、それはそれでよしとしましょうかな」

首肯した幹次郎は四郎兵衛の座敷を辞去すると、仲之町をぶらぶらと水道尻のほうへと足を向けた。

天女池に行き、薄墨に〈かわばた〉の串だんごを渡しておきちの一件の結末を報告しようと思ってのことだ。

だが、いつもより刻限が早いせいで薄墨と禿の小花の姿はなかった。その代わり、珍しい人が野地蔵の前で手を合わせていた。

芸者や幇間を抱えた吉原見番の二代目小吉だった。小吉はその昔義太夫《ぎだゆう》の名手として鳴らしたそうだが、喉を潰して水道尻の火の番小屋の番太《ばんた》に成り下がった。だが、初代見番を立ち上げた大黒屋《だいこくや》正六《しょうろく》の横暴《おうぼう》に吉原会所が乗り出して改革し、七代目の英断で水道尻の番太であった小吉が、なんと二代目吉原見番の主の座に就いたのだ。

元来芸事が好きな小吉、芸者や幇間を束ねるにはうってつけの人物で、

「二代目で　吉原見番　持ち直し」

などと芸者らに評されていた。

「小吉どの」

幹次郎の声に小吉が振り向き、

「神守様、久しぶりでございますね」

と笑いかけた。

「鉄漿溝に囲まれた狭い土地に暮らしていながら小吉どのと会わぬのはなぜであろう」

「会所の懐刀を避けて生きてきたわけじゃございませんよ。ただ、わっしが出不《でぶ》精《しょう》でね、見番にいて見習い芸者や幇間に教えているほうが性に合ってますのさ。そのせいで神守様と顔を合わせる機会がございませんので」

「その小吉どのが天女池にお参りですか」

「いいえ、神守様をお待ち申しておりましたので」

「それはまたどうした風の吹き回しか。それともなんぞ御用でございますか」

幹次郎は桜の木の下に置かれた木株《こかぶ》に小吉を誘った。

「ええ、ちょいとね、お耳に入れておいたほうがいいかな、と思いましてね。いえね、うちの芸者が引手茶屋のお座敷で客に酒を無理強《むりじ》いされて酔っ払いましてね、まだ座敷に慣れてないものですから、醜態《しゅうたい》をさらしたってわけですよ。茶屋の女将が気を利かして気分の悪い芸者を布団部屋に入れて、一時休ませてくれたんでございますよ」

「ほう」

「すると隣部屋にだれかが入ってきた気配がしたそうな。しばらくすると二番目の人物が来てひそひそ話を早口で始めたってわけで」

「……四郎兵衛にはこちらの意向を伝えたであろうな」

「ご用人様、間違いなく引導を渡してございます」

「四郎兵衛は即刻畏《かしこ》まってお受けしたか」

「いえ、それがしばらく考える時が欲しいと抜かしましてな。そろそろ最後の宣告をなすべきかと考えておりましたところで」

「手緩《てぬる》いではないか」

「とは申されますが、吉原会所の七代目を三浦屋四郎左衛門らが支えております。その上、面番所の隠密廻りは尻の毛まで会所に抜かれておりますためにいよいよ会所が増長して、やりにくいったらございません」

「三浦屋か。薄墨と高尾のふたりの太夫を抱えた老舗妓楼の主に身を退けとは言えぬからな。どうしたものか」

「いっそばっさりと闇討ちなされてはいかがです」

「廓の中でか」

「いえ、三浦屋が大門外に出た折りに帰り道を襲うというのはいかがにございますな。ご用人様、なんぞ曰くをつけて呼び出せば、三浦屋とていやとは申せますまい」

「主の名でか、それは不味い。あとあとのことを考えたとき、だれぞ別の名でどこぞに呼び出すのがよかろう」

「ご思案いただけますか」

「その代わり四郎兵衛をなんとかせえ」

「畏まりました。ご用人様がお先にお座敷に」

と町人が言い、用人の気配が消えた。


「……酒の酔いなど醒《さ》めた芸者は、ただぶるぶると震えていたそうで」

「話し手はだれか、見習い芸者は分かったのかな」

「へえ、揚屋町名主の常陸屋久六さんに間違いないと言うております」

「ほう、常陸屋な」

「常陸屋は、しばし襖の向こうに留まったあと、姿を消したそうな。このことを見習い芸者はわっしに直ぐに言わないで、今朝方になって話してくれたんでございますよ。怖かったそうな。これは聞き間違いでしょうかな」

「いや、芸者が聞いた話に間違いはなかろう」

「どうやら神守様はとっくに承知のことのようだ。余計な話でしたね」

「小吉どの、助かった」

「会所の七代目と三浦屋の四郎左衛門様を始末して揚屋町め、てめえが八代目に就く気でございましょうかね」

「妓楼の主が吉原会所の頭取に就いたことはないと聞いておる」

「そんなこと、あやつらはどんな網の目の下でも力ずくで潜ろうって魂胆ですよ。四郎兵衛様の後ろには裏同心の神守幹次郎って凄腕のお方が従っておるのを、奴ら考えに入れてないようだ」

幹次郎が苦笑した。

「それがしひとりではなにもできません。七代目という頭が控え、番方以下の若い衆が命を張っておられるゆえ、それがしもなんとか生きてこられたのです」

「神守様、当の引手茶屋の名を口にするのだけは許してくださいよ。こちらも商売だ。茶屋への出入りを禁じられると商いにはならない。信用を落としたくはないのさ」

「相分かった」

「これでわっしの気持ちもすっきり致しましたよ」

と言い残して小吉が天女池から蜘蛛道のひとつに姿を消した。それからしばらくして、薄墨太夫が小花を従えて野地蔵にお参りに来た。

「おや、本日は神守様が先にお出ででしたか」

「吾妻橋際に〈かわばた〉なる甘味処がござってな、名物になっておる。思いついて購って参った。朋輩衆と食べてくれぬか」

竹皮包みを小花に渡した。

この野地蔵も小花ことおみよに関わりがあるものだった。あの騒ぎからどれほどの月日が過ぎたか。小花は薄墨太夫の下でたしかな足取りで遊女の道を歩き出していた。

「お気遣い有難うございます。なんぞ私に願いごとでもございますか」

「最前まで全くさようなことは考えておらなんだ。じゃが、麻様の前にひとりそれがしを待っておられたお方がございましてな、そのお方の話で麻様にどうしてもひと役買ってもらいたいことができました。ちとお耳を拝借願いたい」

「小花、神守様のお土産を持って先に戻っていなされ」

麻が命じた。

「はい、薄墨様」

と答えた小花が小走りに京町一丁目の三浦屋に戻っていった。

「麻様、いつものように野地蔵の前でお参りしてくだされ。それがし、頼みごとを致したい経緯を、麻様のお参りが終わるのを待つ風情で喋りますで」

と本名で呼ばれた麻が野地蔵の前にしゃがんだ。

この刻限、薄化粧の麻の召し物は武家の奥方らが着る江戸小紋だった。だが、本日のそれは伊勢型小紋の、模様は渦巻《うずま》きだった。

しゃがんだ加門麻の項《うなじ》が秋の日差しに白く浮かび、幹次郎の目を射た。

幹次郎は邪念を消すと、常陸屋の一件を手際よくすべて話して聞かせた。

「なんということが」

「麻様、四郎左衛門様が大門外に出られる折りは、会所までそれがしに使いを立ててくだされ」

「神守様、旦那の命、お護りくだされ」

「そのためにこうして麻様にお願い申したのです。この一件、どうか内密に願います。そうしなければ加門麻様のお命も狙われることになりかねませぬ」

「私の命はどなたかが必ず守ってくださいます。そうでございますな、神守幹次郎様」

麻が合掌の手を解いて振り返ると、手を差し伸べて立ち上がるのを手伝うように催促した。

二

この日の夜見世、吉原は事もなく過ぎていった。

小頭長吉らを頭にした廓内の見廻りでもなんの騒ぎもないと番方の仙右衛門に報告があった。そこで五つを過ぎた時分、四郎兵衛が腹心の番方と幹次郎を呼んで、

「廓は平穏無事のようです。ふたりして早めに女房どののもとへとお帰りなさい」

と声をかけた。

「へえ」

と番方が応じたが幹次郎のほうは帰る気配を見せなかった。

「おや、なんぞございますか、神守様」

「四郎兵衛様、番方、いささか左兵衛長屋に戻れぬ事情がございまして、しばらく会所に泊まらせていただくわけにはいきませぬか」

幹次郎の返答に、

(異《い》なことを言い出したな)

と四郎兵衛が幹次郎の顔を見た。

「夫婦《めおと》喧嘩をなさるはずもなし、どうなされました」

「ええ、夫婦喧嘩ほどではございませぬが、近ごろそれがしの鼾がひどいようで、姉様が眠れないとか、夜中じゅううつらうつらとしておると言われました。数日独りで眠らせ、体を休めさせたいのでございます」

「鼾がひどい。それは神守様の心身が疲れて悲鳴を上げている証しですぞ。ゆえに浅草寺寺領のあの家に引っ越しなされよと申し上げております」

「七代目の申される通り、互いに疲れておるときなど夫婦が別々の寝間《ねま》で休むことも要ります。となると、長屋より一軒家が気がねなく休めましょう。急ぎ浅草寺寺領の家に引っ越しなされませぬか」

仙右衛門も最初は幹次郎がなにを言い出したか訝しい顔をしていたが、最前聞かされた吉原見番の二代目主小吉から聞いた話と関わりがあっての言動だと思い当たった。

「番方、そうはいうても今日明日というわけには参らぬ。ほんの数日、姉様をゆっくり独りで休ませたいだけでござる。最前、髪結のおりゅうさんにその旨を記した文を言づけてござるゆえ、今晩は姉様も安心して眠れよう」

「ふうーん」

四郎兵衛が訝しげに鼻で返事をし、

「まあ、会所にお泊まりになるというのなれば、何日でも好きなだけ構いませぬが、まさか」

と言葉を切った。

「七代目、まさかとはなんでございますな」

「番方、浅草寺寺領の家が神守様夫婦に亀裂を入れたということはございますまいな」

「七代目、さようなことは決してございません。姉様も柘榴の家が大層気に入った様子でした。鼾が因《もと》のしばしの別居です」

「番方、さような理由じゃそうな。番方だけ上がりなされ」

と命じた。仙右衛門が幹次郎を見て、

「じゃあ、わっしはこれで」

と会所をあとにした。

「となれば、夕餉を私といっしょにというのは」

「お願い致します」

幹次郎は四郎兵衛から話が聞けるのではないかと期待した。

四郎兵衛は会所から山口巴屋に通じる扉から茶屋の台所に向かい、

「玉藻、今晩から神守様が会所に寝泊まりされる。膳をふたつ仕度してくれ」

「お父つぁん、なんぞ無理を命じられたのではありますまいな。うちは今でも神守様夫婦に頼り切りなんですよ。これ以上迷惑をかけるのはやめてください」

そうではない、と応じた四郎兵衛が幹次郎の長屋に戻らぬ理由を述べた。

「えっ、鼾ですって」

と玉藻が驚きの顔を見せた。だが、それ以上のことは言わなかった。

なにしろ四つ時分までは引手茶屋の内証《ないしよう》はてんてこまいだ。女衆にふたりの夕餉を命じた玉藻が客の応対に表に出ていった。

ふたりは山口巴屋の帳場座敷に膳を向かい合わせに並べ、

「頭取、酒を付けますね」

と女衆が訊いた。

四郎兵衛が幹次郎の顔を見た。

「それがしは遠慮致す。どうか七代目はお好きなように召し上がってくだされ」

「酒なんぞ独りで呑んでもつまらぬもんです。私もやめておこう」

ふたりは向かい合って黙々と夕餉を食し終えた。

茶が改めて供されたとき、四郎兵衛が幹次郎になにか言いかけたが、その言葉を呑み込んだような気配があった。

幹次郎は早々に会所に引き揚げ、土間の大火鉢の前で四つの刻限まで待機《たいき》した。

そのあと、若い衆が寝泊まりする会所の二階、大部屋ではなく、階段下の三畳間に寝床を敷き延べて刀を枕元に置くと眠りに就いた。

引け四つの拍子木が吉原にその日の終わりを告げるころ、四郎兵衛がそっと会所の階段下の三畳間の様子を窺い、自分の寝間に戻ると、

「神守幹次郎は剣の達者、人柄も文句のつけようがないが、嘘はまるっきりだめですな」

と呟いたものだ。四郎兵衛は、幹次郎が揚屋町名主の常陸屋久六が言ってきた、

「身を退け」

という半《なか》ば脅しの提言を承知し、四郎兵衛の身柄を護るために会所に寝泊まりしているのだと推測をつけた。

「この一件、なんとか早くケリをつけて神守夫婦を柘榴の家に引っ越しさせてあ

げたいものだ」

と思いながら眠りに就いた。

そんな日々が何日か続き、汀女が会所を毎朝訪れては幹次郎の着替えを持ってきて汚れ物を代わりに持って帰る姿が見られた。

そんな様子に若い衆の井蔵が、

「汀女先生よ、旦那が吉原会所に居ずっぱりでは寂しゅうはございませんか。そのうち鼠に引かれますぜ」

「それはもう寂しゅうございます。されど幹どのの斬が近ごろひどく、私が眠れないものですから、幹どのが気を遣《つこ》うたのです。そのために会所に迷惑をかけております。申し訳ありませんが、しばらく皆の衆ご辛抱ください」

と幹次郎から届いた文に口裏を合わせ詫びた。

「そんなことはいいがよ、鼾がひどくて別居かよ。金次、おめえなんてかかあもいねえが、もしいたらよ、即刻離縁される口だな」

「なに、おれの鼾がひどいってか。井蔵さん、おまえさんだってなかなかの大音《だいおん》声《じょう》だよ」

「おれの鼾は女が惚れる鼾だ。おめえの鼾とは違う」

幹次郎の会所泊まりは話柄に上ったが、幹次郎は別居暮らしをやめる様子はなかった。

そんなある日、三浦屋の男衆が幹次郎に文を届けに来た。昼見世が始まる前の刻限だ。文を読んだ幹次郎が、

「番方、外出《そとで》をしてよいか」

「それは構いません。吉原見番の小吉さんの一件ですな。なんぞわっしがやることはございませんか」

「番方は四郎兵衛様の行動に注意してくだされ。相手がだれであれ、廓内で七代目をどうこうするというのは難しゅうございましょうがな」

「三浦屋の旦那はどちらに参られるのですな」

「最初に上野《うえの》の凌雲院《りょううんいん》だそうです。ですが、ふたつ目の行き先は分からぬそうです」

「神守様、くれぐれもよろしくお願い申します」

幹次郎は、袴を脱ぐと着流し姿に形を変え、会所にあった深編笠を小脇に大門を出た。

「おーい、裏同心どの、いささか得心のいかぬことがござる」

面番所の隠密廻り同心村崎季光が憤然《ふんぜん》とした口調で幹次郎に詰問した。

「村崎どのか、ただ今急いでおるのだが、あとにしてくれませぬか」

「そなたの用事などどうでもよい」

「困りましたな、なんでございますな」

「面番所に入られよ」

村崎同心が幹次郎を面番所に招いた。

幹次郎は致し方なく面番所から大門の出入りを見通せる板の間の縁《へり》に腰を下ろした。

「裏茶屋で小見世の抱え女郎のおそめが縊り殺された一件じゃ」

「それがなにか。おお、そうそう、五十間道で南町定町廻り同心桑平市松どのが廓から逃げ出してきた下手人を捕縛なされたそうな、お手柄でした。われらもほっと安堵致しました」

と答えながらも、幹次郎の目は大門を見張っていた。

「夜中に定町廻り同心がこの界隈をうろつく。おかしいではないか」

「桑平どのも男にございますぞ、吉原に隠れ遊びではございませぬか」

「定町廻りの連中が吉原で遊ぶじゃと、その折りはわれらを通して然るべき楼に上げるのが仕来たりである。ともあれ、あやつは吉原なんぞで決して遊ばぬ野暮《やぼ》天《てん》じゃぞ」

と言った村崎が、

「おぬし、この村崎季光を騙しておらぬか」

「騙すとはどういうことでございます」

「わしの勘では裏茶屋の主の惣三郎は、隠しておいた金欲しさに吉原に舞い戻り、そなたらに捕縛された」

「会所が捕まえたのなれば面番所に引き渡すのが筋でございます。そのような違約を七代目頭取が許されるはずもなし、ありえません」

幹次郎の抗弁を村崎同心が疑り深い眼差しで睨んだ。

「われらが定町廻り同心の桑平どのにわざわざ捕らえた女郎殺しの下手人を廓外で渡したと申されますか。なぜさようなことをせねばなりませぬ。吉原会所は町奉行所隠密廻り同心の支配下にあるのですぞ」

「言われんでもとくと承知である。そなた、なんぞ桑平に借りがあって惣三郎の体で返したのではないか」

さらに疑り深そうな目で睨んだ。

「女郎を殺した下手人が定町廻り同心どのの利になりますか」

「惣三郎は百三十七両も持っていたそうな」

「驚きました」

「訝しい」

「なにが訝しいので。その百三十七両は桑平同心に下げ渡されたのでございますか」

「さようなことがあるわけもない。あやつ、馬鹿正直に探索の費えに繰り入れてくださいと年番方与力に提出したそうな。わしならば……」

「着服なされますか」

「馬鹿を申せ」

村崎同心が叫んだとき、男衆を連れた三浦屋四郎左衛門の姿が大門を出て、男衆が、駕籠屋さん、と駕籠舁きに声をかける声がした。

「さようなことをすれば、いくら町奉行所のお役人でも後ろに手が回りましょうな。桑平どのがどのような経緯で惣三郎を捕らえたか知りませぬが、南町奉行所定町廻り同心として当然のことをなされたのです。この勘働き、なかなかできぬことです。村崎どの、それがし、ちと急用がございますで、これにて失礼を致します」

幹次郎は深編笠を手にすると、
すいっ
と面番所を出た。

「これ、用事は終わっておらぬ」

「村崎どの、茶はまたの機会に頂戴します」

と皮肉を残した幹次郎は大門外へと出た。

五十間道に男衆を従えた駕籠が衣紋坂へと向かっていった。

幹次郎は深編笠を被ると十分な間合を保って尾けていった。行く先は分かっていた。

薄墨太夫の文には、忍ヶ岡《しのぶがおか》の凌雲院で行われる茶会に出たあと、もうひとつ用があるようだが、その先は分からないとあった。

忍ヶ岡とは東叡山寛永寺《とうえいざんかんえいじ》山内一円をいう。

見返り柳の辻で日本堤に出た駕籠は左に曲がり、二丁半（約二百七十三メートル）ほど三ノ輪の方角に進むとふたたび日本堤を外れ、入会地と金杉村《かなすぎむら》の畑の間を西へと向かった。

畑越しに吉原が左手に見えてきた。

駕籠は秋の日差しの中、黙々と進んで下谷金杉町に出た。

下谷車坂町《くるまざかちょう》の疏水《そすい》を渡り、車坂を上った南側が凌雲院だ。

この寺の山門前で待つように駕籠屋は男衆に命じられたか、日差しの当たる築《つい》地塀《じべい》の下で腰を下ろして煙草入れから煙管を抜いた。どうやら駕籠舁きは半日借りのいい仕事にありついたようだ。のんびりとした挙動にそれが見てとれた。

幹次郎は凌雲院前の松林に入り、木立の間から差し込む光を背に浴びて、待機する構えに入った。

尾行する相手は悪人ではない。正体が知れた楼の主であり、危害が加えられないことに気を遣うのが第一で、逃げられる心配はない。なにより尾行で一番楽なのが駕籠に乗った人物だった。歩みは決して速くなく、男衆を従えた駕籠を見落とすことはないからだ。

幹次郎はおよそ二刻ほど待ったが、三浦屋四郎左衛門がふたたび駕籠に乗って向かった先は予想外に近いものだった。

日差しが西に傾き、暮れ始めていた。

不忍池の西側下谷茅町《かやちょう》の渋い萱葺き門のある料理茶屋〈鉢巻《はちまき》たつみ〉であっ

た。この茶屋でだれと会ったのか、一刻ほど時を過ごした四郎左衛門が駕籠に乗る姿は憮然としているように思えた。

幹次郎が待つ間に何組かの客が〈鉢巻たつみ〉に入っていった。大身と思える武家あり、富裕そうな町人ありで、そのだれに四郎左衛門が会ったのか、全く見当もつかなかった。

幹次郎の役目は、無事に三浦屋四郎左衛門が吉原まで戻るのを見届けることだ。

吉原会所に駕籠が戻ったのは、五つを回った刻限だった。

駕籠を下りた四郎左衛門は会所の前で足を止めた。

幹次郎は役目を果たしたことになる。

大門の内外は、いつもの宵と同じように、馴染の遊女のもとへと急ぐ大店の番頭風の客や素見連が大勢いて賑わっていた。

待合ノ辻に男たちの在所訛《ざいしょなま》りが響き、それを背に幹次郎は会所の腰高障子を開けて敷居を跨いだ。

大土間はえらく賑やかでまるで待合ノ辻のようだった。

「客人、五晩も居続けされて銭は一文もない、金を持ってくる相手は来ない。一体全体どう始末つけてくれるんですね」

男衆の甲高《かんだか》い声が響いて、

「これまで乾物屋《かんぶつや》の若旦那などと立ててくれてた菊蔵《きくぞう》さんよ、急に客人だなんて呼びかけまで変えて冷たいじゃないか。今銭はないが、そのうち払うと言っているんだ。知らない仲じゃないんだ、時節を待ちねえ」

「華一郎《かいちろう》の若旦那、おまえさん、何月も前に親族郎党《ろうとう》立ち会いの上、親から勘当《かんどう》されたんですってね。それを女郎にも黙って懐に一文もなく居続けとは酷い話じゃございませんか」

「勘当なんて一時のことだ、おれは今だって長男だぜ」

押し問答が続いていた。

会所の前に立ち止まっていた三浦屋四郎左衛門は、思い直したように京町一丁目の三浦屋へと戻っていった。

「おや、お戻りで」

番方が幹次郎に気づいて声をかけてきた。ふたりは土間の奥に移動したが、幹次郎の視線は人垣の中へ向けられたままだ。

「聞かれた通りです。遊びが過ぎて親から勘当されたって口ですよ」

「だれぞ立て替える当てはないのでござるか」

「瀬戸物町《せともの ちょう》の乾物屋の若旦那ですがね、親もこれまで何度かかような目に遭っているんで、こんどばかりは払わないと言ってるんですがね、お店の名前に傷がつく話でもある。町内の頭分に連絡《つなぎ》を取ってますんで、そのうち、なんとか言ってきましょう」

「ならば、楼内《ろううち》で話がつけられなかったんですか」

「角町の梅本楼《うめもとろう》も愛想《あいそ》が尽きたんですかね、男衆と客の双方が熱くなって罵り合い、摑み合いの喧嘩になったんで、わっしらが呼び出されて致し方なく頭に血が上った双方を会所に連れてきたんですよ」

と応じた仙右衛門が、

「七代目は未だ三浦屋の旦那といっしょでございますか」

と幹次郎に訊いた。

「おや、七代目は三浦屋の旦那と外で会う約束になっておられたか」

「違うので」

仙右衛門の顔色が変わった。

「番方、いつ七代目は出かけられたのですか」

「梅本楼で客が暴れているってんで、わっしらが駆けつけて会所を留守にしている間に使いが来て、四郎兵衛様が大門を出られたのです、半刻も前のことだ。わっしらが戻ってきたときにはもはや姿は……」

「なかったのですな。三浦屋四郎左衛門様の名で呼び出したとは、だれの口から分かったことですか」

遼太、と新入りの若い衆の名を呼んだ。

「遼太、七代目を呼び出した使いたあ、どこのだれだ」

「五十間道の外茶屋浮雲《うきぐも》の若い衆ですよ、法被《はっぴ》の襟にそうありましたぜ」

「使いは三浦屋の旦那がお待ちと言ったんだな」

「へえ、はっきりと。それでおれが七代目に取り次いだんでございますよ」

「使いの口上を聞いた七代目の様子はどうだったえ」

「様子って、ただ七代目は分かったと答えられただけでした」

「三浦屋の旦那は忍ヶ岡の凌雲院の茶会のあと、不忍池の料理茶屋〈鉢巻たつみ〉に行かれて一刻ほど過ごされてつい最前こっちに戻られたばかりじゃ、それがしがぴたりと張りついていたで、使いを立てるはずもない」

幹次郎の言葉を聞いた仙右衛門が会所から飛び出し、未だ手にしていた深編笠を放り投げた幹次郎も続いて五十間道の外茶屋浮雲に走っていった。

外茶屋の浮雲に四郎兵衛はいなかった。むろん茶屋でも使いは出していないという。浮雲は五十間道の東側に引っ込んだ閑静な場所にあって上客が多い茶屋だ。さらに奥に進めば浅草田圃が広がり、幹次郎の住む左兵衛長屋に辿り着く。

三

吉原が賑わいを見せる夕暮れどき、四郎兵衛は大門を出て、五十間道の途中まで何人かに姿を見られていた。中には挨拶していた者もいたが、四郎兵衛は先を急ぐ様子で衣紋坂のほうへ人込みに紛れてそそくさと消えたという。

浮雲まではさらに五十間道の先を曲がることになるゆえ、路地辺りでだれかが待ち受けていたことは十分考えられた。

「わっしのしくじりだ。神守様から四郎兵衛様から目を離すなと注意まで受けたのに新入りの遼太だけを残して御用に出てしまった」

仙右衛門が五十間道に戻ってきたとき、茫然と悔いの言葉を漏らした。

幹次郎にも慰める言葉はなかった。

「番方、最悪のことを想定してわれらは動かねばなるまい。この界隈の訊き込みを続けてくれませぬか。それがし、会所に戻り、若い衆の助けをこちらに呼ぶ。五十間道、日本堤と丁寧に訊き込みを願います」

幹次郎は四郎兵衛の行方を知るには囚《とら》われた瞬間の目撃者のあるなしが鍵を握ると思っていた。的が絞り込めるからだ。

「神守様はどうなされますな」

仙右衛門が気を取り直して尋ねた。

「まずひとつ、居続け騒ぎが仕組まれたものかどうかを小頭に当たってもらう」

「なにっ、あの一件、わっしどもを会所から引き離すために華一郎が騒ぎを起こしたと言いなさるので」

「たまさかであろうか。四郎兵衛様を独りで大門外に誘い出すには実に好都合な騒ぎとは思われぬか」

「そうか、わっしはそのことにも頭が回らなかったか」

と呟いた仙右衛門に幹次郎は、

「番方、それがしは三浦屋の旦那にお会いして本日の外出について訊いてみようかと思う」

幹次郎の言葉を聞いた仙右衛門がなにか心に決したように頷くと、

「おきちに続き、七代目も誘い出された。それも五十間道と土手八丁の一帯だ。まさか七代目も山谷堀に泊めた船に連れ込まれたということはございますまいな」

「須崎屋の一件には、たしかに城中のお偉方も関わりがあると聞いた。だが、あの連中は、須崎屋から流れる金子に関心があっただけとは思えぬか。須崎屋に手入れが入った今、面々はただ今わが身を守ることに必死になっておろう。いささかこたびの一件と騒ぎの質が異なるような気が致す」

「わっしもそう思います。四郎兵衛様に手出しをしようというのです、常陸屋久六なんて小物の考えじゃない。その背後にもっと上手の連中がいる」

幹次郎と仙右衛門の頭には「未決」騒ぎの黒幕の存在が重くのしかかっていた。

「打つ手がなければ常陸屋を締め上げますかえ」

「いや、そうなれば相手方が四郎兵衛様を始末することも考えられる。しばらく常陸屋は泳がせて様子をみぬか」

「どこまで我慢ができるか」

「番方、ここは辛抱のときだ」

五十間道で幹次郎は仙右衛門と別れた。

幹次郎が会所に戻ってみると、瀬戸物町の乾物屋の若旦那の華一郎は仲間が居続けの金を用意して届けてきたとかで、会所から放免《ほうめん》されて姿を消し、騒ぎは終わっていた。

「小頭、嫌な感じだな。四郎兵衛様を誘き出すために華一郎はひと役買ってはおらぬか」

「なんですって。七代目が誘き出されたってのはどういうことです」

幹次郎も平静を欠いていた。

四郎兵衛が姿を消したことをすでに長吉が承知のように話していた。そこで幹次郎が改めて長吉に新たな出来事を告げると、

「そんなことが廓内で起こりましたか」

と呟く長吉の顔が真っ青に変わった。

「小頭、華一郎は大門の外に出たであろうな」

「居続けの代金は支払ったんです。意気揚々と会所を出たところまでは承知ですが、その先は……」

「調べてくれぬか」

幹次郎は引手茶屋山口巴屋に玉藻を訪ねた。

「なんですね、神守様が表から入ってこられるなど珍しゅうございますね」

「玉藻様、われらの失態で七代目が勾引された」

「なんと仰いました」

感情を抑えた玉藻に経緯をすべて告げた。玉藻は静かに話を聞き終えると、

「お父つぁんには神守様がついておられます。必ずや無事に取り戻してくださいますね」

と応じると務めに戻っていった。

ずしり、と重い荷が幹次郎の肩に伸しかかってきた。会所にいったん戻った幹次郎は、金次らを仙右衛門の訊き込みの手伝いに回す手配をなすと京町一丁目の三浦屋を訪ねた。

二階座敷から賑やかな鳴りものが聞こえてきた。芸者や幇間が入り、宴が始まっていた。

「おや、神守様」

三浦屋の番頭鎌蔵《かまぞう》が幹次郎の姿を認めて声をかけてきた。

「鎌蔵どの、四郎左衛門様に火急《かきゅう》の用でお目にかかりたいのじゃが、願ってくれぬか。七代目の命だと伝えてくれ」

幹次郎は四郎兵衛の名を使う虚言を弄した。なんとしても一刻も早く四郎兵衛の行方を突き止めるために四郎左衛門と面会したかったゆえだ。

「ちょいとお待ちを」

鎌蔵が奥に入ったが直ぐに戻ってきて、

「旦那は内証におられます」

と帳場へと案内してくれた。

その途中、一階の大広間が広がって見えた。

吉原一の花魁を次々に輩出してきた三浦屋の造作だ、立派な丸柱や節なしの檜板《ひのき》で普請がなされ、堂々とした広間だった。三浦屋の家紋を染め抜いた暖簾がかかり、高い天井には箱型の照明具の八間《はちけん》が吊るされて、明るかった。

四郎左衛門はその奥に仕切られた内証でなにか書付を読んでいた。

背には立派な縁起棚がある帳場を吉原では、

「お内証」

と呼ぶ。ちなみに三浦屋の縁起棚は神仏混淆《しんぶつこんこう》に祀《まつ》られてあった。

「神守様、七代目の用事とはなんでございますね」

と顔を上げた四郎左衛門が尋ねた。

「七代目の用事ではございません。それがしの一存でこちらに参りました」

「おや、神守様がさような手を使うとはどういうことでございますね」

「四郎兵衛様が七代目から身を退くように強要されていたことを旦那はご存じでござろうか」

といきなり幹次郎は核心に触れる問いを発した。

「なんですって、だれがさようなことを言い出しました」

「揚屋町名主の常陸屋久六どのにございます」

「それは話にもなにもなりませんよ。揚屋町の名主と親子代々の会所頭取では貫禄と格が違います。よしんば四郎兵衛様が受けられたところで、この私が許しません」

四郎左衛門が老舗妓楼の旦那の貫禄で言い切った。つまりは未だ三浦屋には脅し文句のひとつも届いていないということだ。

幹次郎は四郎兵衛が反会所派の敵方に誘き出されて、拉致《らち》されたようだとその経緯を話した。

「なんということか」

と呟いた四郎左衛門の顔が真っ赤に変わり、

「揚屋町の名主をここに呼んで私自ら詰問致します」

と番頭を呼ぼうとした。

「お待ちください、四郎左衛門様。常陸屋は旦那の申される通りの小物です。ゆえに今は泳がせておいたほうが、七代目の行方を突き止めるのに役に立とうかと思います。それより前に旦那にひとつお尋ねしたきことがございます。本日、旦那は凌雲院の茶会から下谷茅町の料理茶屋〈鉢巻たつみ〉に回られましたが、そのことは前々から決まっていたことにございますか」

えっ、という驚きの顔を四郎左衛門がし、訝しくも幹次郎の魂胆を探る表情に変わった。

「神守様、なぜさようなことを承知です」

幹次郎は反会所派が三浦屋四郎左衛門の命を狙うかもしれないと陰警固に就いていたことを告白した。

「なんと私の身まで狙われるほど深刻な話ですか」

「七代目を支えていなさるのが三浦屋四郎左衛門様です。反会所派は、四郎兵衛様の力を殺《そ》ぐために四郎左衛門様に狙いを定めるとそれがし、推察したのでございます」

しばし沈思した四郎左衛門が、

「そう言われれば、なんとも不思議な話がございます」

「どうなされました」

「凌雲院の茶会は、毎年この時節何十年も前から続く催しです。一方、下谷茅町の料理茶屋には今日の出がけに使いが届けた文がありましてな、極秘に吉原の外で話をしなければと会所の七代目の名前で誘い出されたのでございますよ。七代目が私に話したかったのはこの一件でございましたかな」

「いえ、偽《にせ》の文でございましょう。当然、〈鉢巻たつみ〉にはだれも現われなかったわけでございますな」

「一刻ほど待ちぼうけを食いました」

「ひょっとしたら相手方はそれがしが陰警固に従っていることを察し、狙いを七代目に変えたとも考えられます」

「なんということがこの色里で起こっておりますので」

「吉原の大門を潜られたあと、会所の前で足を止められましたな」

「ええ、四郎兵衛さんに問い質そうかと足を止めましたので。ところが、会所の中から騒ぐ声が響いてきましたので、まずは楼に戻ってと考え直したのです」

「あの騒ぎもどうやら番方たちを会所から出させる策、四郎兵衛様を誘い出すための企てかと考えられます」

「なぜ、かようなことが次々に吉原に起こっておりますので。神守様は承知ですか」

幹次郎は過日会所が痛い目に遭った「未決」騒ぎのことを掻い摘んで四郎左衛門に話して聞かせた。

話が終わってもしばらく四郎左衛門は黙り込んだままだった。

「吉原をだれぞが乗っ取ろうとしておりますか」

「そう考えたほうが納得もいきます。四郎左衛門様を七代目の名で呼び出し、反対に四郎兵衛様を三浦屋四郎左衛門様の名で外茶屋へと誘い出して連れ去ったのです。反会所派はそれなりの規模の人数を有していると考えられます」

「私の代わりに七代目が攫われた」

「四郎兵衛様と四郎左衛門様はただ今の吉原の両輪にございます。なんとしても」

「神守様、七代目を取り戻してくだされ」

「必ずや」

と言い切った幹次郎はしばらく四郎左衛門と内談を続けた。

京町一丁目を出た幹次郎を蜘蛛道の暗がりから手招きする者がいた。

吉原見番の二代目主の小吉だ。

「七代目が行方を絶ったってね、血相を変えた会所の若い衆を脅したりすかしたりして問い質したんだ。常陸屋と武家が密談をしていた引手茶屋だがな、わっしも商売だ、わっしの口からは茶屋の名は出せない。だがよ、武家がだれか、茶屋に手を回して分かったから教えておく。次席目付《めつけ》内村俊典《うちむらとしのり》様の御用人市場護三郎《いちばごさぶろう》って侍だ。わっしが探りえたのはこれだけだ」

「助かった」

幕府目付の役目は、旗本、御家人の監察、諸役人の勤方《つとめかた》の評価、殿中《でんちゅう》礼法の指揮、御成《おなり》の供奉《ぐぶ》列の監督、評定所《ひょうじょうしょ》の立ち会い、幕府諸施設の巡察、火消しの監視、諸普請の検分など多岐にわたった。ために目付の数は十人と多かった。

また目付は若年寄《わかどしより》支配で殿中では中之間に詰め、役高千石《ごく》と定められている。目付の就任者は四十歳前後で、無事に務め上げると長崎奉行、京都町奉行、大坂町奉行に昇進する者が多かった。また職階の高い大目付《おおめつけ》にはこの目付経験者がなることが多かった。

次席目付は職階にはないが、序列を示す便宜《べんぎ》上の呼び名で十人の目付の二番手、各目付を次席目付が補佐して束ねる役目だ。

小吉と別れた幹次郎はいったん会所に戻った。

会所には小頭の長吉がいて、

「ああ、神守様、七代目と思われる人物を外茶屋の飯炊きばあさんが見ておりました。いえ、はっきりとした話じゃないが、何人かの男たちが酔っ払いを運んでいくように、浅草田圃のほうへと連れ去ったというんですがね。刻限から考えて四郎兵衛様ではないかと思えます」

またひとつ四郎兵衛が拉致された証しが出た。

刻限はすでに五つ半を過ぎていた。四郎兵衛が行方を絶って一刻が経っていた。

「番方はどうしていなさる」

「浅草田圃の先を虱潰《しらみつぶ》しに当たっております」

「常陸屋はどうしておる」

「井蔵が見張ってます。大門の外に出た気配はございません」

(誘き出す手はないか)

と幹次郎は思案した。

「小頭、仙右衛門どのに会所に引き揚げてくれるよう願ってくれぬか」

「番方が聞き入れてくれますかどうか」

「常陸屋を誘き出すために会所の動きを止める策だと言うてくれ。むやみやたらに動くより今は辛抱の時と思わぬか。相手方からなんらかの連絡が入ろう。われらが決断するのはそのときでよかろう」

「分かりました」

長吉が出ていこうとして幹次郎を振り返った。

「ああ、そうだ。居続けの若旦那華一郎ですがね、また梅本楼に舞い戻って馴染のお七《しち》の座敷で酒を呑んでいるそうですぜ。呆れた野郎でさ、あいつは七代目の勾引し騒ぎに関わるようなタマじゃございませんよ」

と言い残して小頭が消えた。

しばし考えた幹次郎は、角町の梅本楼を訪ねた。

「おっ、最前はお騒がせ致しました。居続けの客の朋輩が遊び代を持ってきたんでね、騒ぎが収まりましたんで」

と番頭がかたちばかり詫びの言葉を述べた。

「華一郎は馴染の女郎のもとへ舞い戻ったそうだな」

「性懲《しょうこ》りもない若旦那ですぜ。親から勘当されても金子を作ってくれる朋輩がいるかぎりありゃ立ち直れねえや」

「馴染の敵娼《あいかた》はだれか」

「お七ですけど」

「四半刻ほど、お七を座敷から外させてくれないか」

「へえ、会所の旦那の願いですからね、そうしますけど、若旦那をどうしようというんです」

「この楼とそなたに迷惑がかかるといかぬ。訊かぬことだ」

「だけどそれでは」

「会所の七代目の命が懸かっていることだ。二度とは願わぬ」

幹次郎の険しい顔に番頭が、ごくりと唾を呑み込み、二階へと大階段を上がっていった。

幹次郎がお七の座敷に独り通ったのはしばらくあとのことだ。まず行灯を吹き消した。寝間が薄暗くなった。

「おお、お七、もう戻ったのか。またやろうってのか、おめえも好きものだな。

それより熱燗を二、三本帳場に頼んでくんな」

夜具《やぐ》の上に自堕落に寝転がった華一郎が言い、幹次郎はその夜具の傍らに片膝をついた。うーむ、と半身を起こして振り向いた華一郎が、

「お、おめえはだれだ」

「常陸屋の使いだ」

と答えたのは幹次郎の賭けだったが、

「常陸屋がなんだって言うんだよ。もうおれの役目は終わったぜ」

と華一郎があっさりと乗ってきた。

「終わってはおらぬ」

「なにが終わらないだよ」

「常陸屋の旦那は騒ぎのあと、どうしろと申された」

「そんなこと知るか」

「当分、吉原に近づくなと言われなかったか」

「さあな、ともかくそうしてほしきゃあ、銭をもう少し寄越《よこ》しなと伝えてくんな」

「華一郎」

幹次郎は片膝をついたまま右手で浅草の研ぎ師が豊後行平と鑑定した長剣を抜き打った。刃が薄暗がりの中、一閃《いっせん》して華一郎の頭の上を過《よぎ》った。

ぱらり

と夜具の上に転がったものがあった。

「浪返《なみがえ》し髷落とし」

と呟く幹次郎の声に、

「あわあわわわ」

と華一郎の体ががたがたと震え始め、小便の臭いが夜具から立ち昇《のぼ》った。

「そなたに頼みがある」

「な、なんだ」

「それがしの申す通りに常陸屋に宛てて文を書くのだ」

「おれはどうなる」

「その足で吉原を逃げ出すことだな。常陸屋の一味に捕まるとそなたの命はないぞ」

「お、おまえさんはだれだ」

「さような詮索《せんさく》がそなたの命を縮めることになる。お七の筆と硯《すずり》はあそこだ。

次は髷では済まぬ」

がたがたと震えながら、華一郎は小便臭い体で筆を握った。

四

梅本楼のお七のもとへふたたび登楼していた華一郎の文が、揚屋町名主の常陸屋久六方に投げ込まれて半刻が過ぎた。

だが動きはなかった。

蜘蛛道の入り口の暗がりから常陸屋を見張る幹次郎と仙右衛門が焦りを感じ始めたとき、久六が楼の裏口から蜘蛛道にふらりと姿を見せた。蜘蛛道伝いに揚屋町名主が訪ねた先は、なんと江戸町二丁目の名主にして喜鶴楼《きかくろう》の主、北村佐兵衛《きたむらさへえ》方の裏口だった。

(なんと江戸二の名主が)

ふたりは愕然とした。

予想もしなかった人物の登場であった。

(なにか別の用事があってのことか)

ふたりが迷い、疑ったとき、常陸屋がいきなり裏口を飛び出してきた。そして、江戸町二丁目の表へと飛び出すと、木戸口を抜けて客が少なくなった仲之町に向かった。なにか動揺の様子が見られた。

引け四つ前だ。

会所から顔を背《そむ》けるようにして、未だ開いていた大門を常陸屋久六は潜り出た。

幹次郎と仙右衛門は間を置いて常陸屋を尾けて、会所の前を通るとき、腰高障子を薄く開けて外の様子を睨んでいた金次に、

「間を置いて従うよう」

と仕草で命じた。

金次は呑み込んだように頷いた。

常陸屋久六は五十間道の途中で、客が乗り捨てた駕籠を呼び寄せると行き先を告げた。その声は幹次郎らには聞き取れなかったが、駕籠屋が、

「浅草寺寺領だって、近間じゃねえか」

と文句を言う声を聞き取った幹次郎は、はたと行き先が浮かんだ。

幹次郎は汀女と足田甚吉を伴い、柘榴の家を訪れ、戸締まりをしようとしたときに感じた、

「眼」

を思い出していた。

「番方、二手に分かれようか」

「行き先が分かりましたので」

「浅草寺寺領田町一丁目の家に四郎兵衛様は囚われていなさるような気が致す」

「なんですって。神守様方が住まいするように七代目が買い取った家にですかえ。それはまた……」

と言いかけた仙右衛門の言葉を途中にして、

「それがし、浅草田圃を抜けて先回り致す」

と言い残し、駆け出した。

五十間道の途中から南側に折れた幹次郎は、外茶屋の間の路地を抜けて疏水に架かる土橋を渡ると浅草田圃を一気に左兵衛長屋がある方角へと突進した。

その後ろを草履の音がひとつだけ追っかけてきた。金次だなと幹次郎は思いながら必死で駆けた。

「まさか江戸二の名主が裏切り者だとはな」

台所の柱に縛られた四郎兵衛は血まみれ、ざんばら髪で喜鶴楼の北村佐兵衛を半ば潰れかけた目で見上げた。

神守夫婦のために買い取った柘榴の家の台所に四郎兵衛は連れ込まれていた。

奥の座敷では酒盛りでもしている気配があった。

「なんとでも言いなされ。おまえさんと三浦屋四郎左衛門が吉原を牛耳るやり口はもはや時節に合いませんのさ」

「常陸屋なんて小物の背後におまえさん、そして、おまえさんの後ろに目付の用人かえ。揃いも揃って半端者が顔を揃えたものよ」

「七代目四郎兵衛と呼ばれるのも今晩が最後ですよ。私に大人しく八代目を譲って一札入れればね、痛い目に遭わずにあの世に逝けたものを」

北村佐兵衛がささくれになった青竹を手に四郎兵衛を睨んだ。

先代の佐兵衛が亡くなり喜鶴楼と名主を引き継いだのが三年前だった。七人の名主の中ではいちばん若い、三十七歳の佐兵衛になにが起こったのか。

「私にも意地がございます。そなたの親父様の代から江戸町二丁目名主を私らの信頼する仲間と信じてきたんですがな。佐兵衛さん、いやさ、佐兵衛、いつから道を踏み外したえ」

あの世にたどり着いたら、冥土の閻魔さまに訊ねるがいい。


「死出《しで》の旅に向かうおまえさんがそれを聞いてどうするよ」

「目付の名を教えてくれませんか。あの世から呪《のろ》い殺してみせようでな」

「山口巳屋の旦那も耄碌《もうろく》したもんだ。現世《げんせ》だけに苦楽《くらく》も凡欲《ぼんよく》もあるのさ。あの世になにがあるものか。呪い殺すなんてことはできっこありません」

冷たく佐兵衛が言い放った。

「常陸屋なんて半端者を使いなさるが、あいつの口からそなた方の企みはいずれ世間に漏れますよ」

「そのときは、おまえさんも常陸屋もあの世とやらに住み替えが終わってます」

佐兵衛が嘯《うそぶ》いたとき、玄関に人の気配がして、ひそひそ話が続くと、

「佐兵衛、常陸屋が参っておる」

と常陸屋久六の到来を市場護三郎用人が告げに来た。足元がふらついて酒に酔っていた。

「なんですって、あいつにはここへは訪ねてきちゃあいけないとあれだけ命じておいたのに」

「どうする」

市場が応ずるところに血相を変えた常陸屋久六が姿を見せた。

「なんですね、呼ばれてもいないところに姿を見せて」

「華一郎が居直ってもう少し金を寄越せ、寄越さないのなら会所に訴えると脅してきたんですよ」

「あいつがあんたの楼に訪ねてきたのか」

「文を寄越しやがった」

「華一郎はどこにいるのです」

「梅本楼だそうだ」

北村佐兵衛がしばし考え込んだ。

「うーむ」

となにかに気づいた風で、

「先生方」

と酒を呑んでいた用心棒らを台所に呼んだ。

「慌てくさった常陸屋めが会所の面々を連れてきたかもしれないよ。表と裏から庭を当たってください」

と仲間の名を呼び捨てにして命じた。

その言葉に茫然とする常陸屋久六を睨んだ喜鶴楼の楼主の北村佐兵衛が、手にしていた青竹で常陸屋の額をびしりと叩いた。

「あ、い、痛《いた》た。喜鶴楼さん、なにを私がしたというんですね」

顔を守ろうと必死で手で覆った常陸屋の額をそれでも佐兵衛が叩き続けて、血が噴き出した。

そのとき、すでに幹次郎と金次は稲刈りが終わった浅草田圃を通って、柘榴の家の裏庭に辿り着いていた。

びゅ、びゅん
音を立てて、この年最初の木枯らしが浅草田圃に吹き始めた。

乾いた風が秋も終わりが近いことを教えていた。

浅草田圃と柘榴の家との境、二段の石垣の土盛りした高さ三尺(約九十一センチ)ほどの塀を乗り越え、裏庭から勝手口に近づき、しばしその場で中の様子を窺った。

ふたりの男が問答を交わしていた。

戸一枚と土間を挟んでいるために板の間でのやり取りははっきりとは聞こえてこなかった。だが、疲れ切った声は四郎兵衛だと思った。

（生きておられる）

幹次郎は腰の一剣を鞘ごと抜き、金次が心得て勝手口の戸に手をかけた。踏み込もうとした瞬間、騒ぎが起こった。常陸屋久六が訪ねてきたのだ。大きな声が飛び交い、廊下に足音が響き、佐兵衛の命に用心棒侍が勝手口から裏庭へと出てくる様子があった。

幹次郎は戸に手をかけていた金次を仕草で止めて、後ろに下がらせ、自分も戸口の横手に身を退いて腰を落とした。

戸が開かれ、酒の匂いを漂わせたふたりの用心棒侍が出てきて、

「ふうっ、木枯らしが吹く季節か、酔いには気持ちよいわ」

とひとりが小便でもする気か、袴の裾を手繰《たぐ》った。そして、人の気配に気づいて振り返った。

その瞬間、幹次郎がふたりの間に走り寄り、鐺《こじり》で鳩尾を次々に突き上げた。

「うっ」

という小さな声を漏らすとふたりがその場に崩れ落ちた。

「金次、そなたはなんとしても七代目の身を護るのじゃ」

そう命じた幹次郎は開け放たれた勝手口から土間に飛び込むと、一気に板の間

に飛び上がり、未だ常陸屋久六の額を叩き続ける北村佐兵衛をよそに柱に縛りつけられた四郎兵衛の前に立ち塞がった。

「なんだ」

振り向いた江戸町二丁目名主にして喜鶴楼の北村佐兵衛が、

「おまえさんは会所の用心棒侍」

と平然と嘯いた。

「喜鶴楼の旦那、七代目がなんのしくじりをしなされた。いささか乱暴なやり口の背後には次席目付内村俊典様とやらが控えておいでですかな」

「会所に飼われた犬侍がなにを言うか」

北村佐兵衛は青竹を捨てると、なにが起こったのか未だ理解がつかない様子で立ち竦む次席目付の用人市場護三郎の刀の柄に手を掛けて、

「市場様、お借りしますよ」

と吐き捨てると四郎兵衛の前に立つ幹次郎に振り返った。

四郎兵衛の縛《いまし》められた縄を金次が懐にしていた小刀で切るのを見届けた幹次郎も、北村佐兵衛に向き直った。

表でも仙右衛門が家に忍び込んできたのか、用心棒との間に騒ぎが始まってい

た。

「噂にはあれこれと聞くがおまえさんの腕前、確かめようか」

「そなた、剣の心得があるのか」

四郎兵衛の体が金次によって土間へと離されたのを感じ取った幹次郎は、左手に剣を提げたまま問うた。

「妓楼の跡継ぎなんてのは、若いうちは放蕩者《ほうとうもん》に落ちることがままありましてね。私もね、十七、八歳のころ、何年か仲間といっしょに喧嘩三昧《ざんまい》の暮らしをしたことがあるのさ。修羅場剣法ってやつですよ」

「こたびの一件、そなたを叩き斬ったところで事が終わるわけではなさそうだ。どうしたものか」

「しゃらくせえ」

吐き捨てた北村佐兵衛が剣の柄を両手で握りしめ、肩に担ぐと、

「ええいっ」

と一気に襲いかかってきた。修羅場剣法と自ら名乗ったが、なかなかの刃風《はかぜ》で幹次郎は避ける間もなかった。

咄嗟《とっさ》の判断で踏み込みながら、無銘の剣を片手斬りに胴へと抜き打った。

佐兵衛の振り下ろしを躱した幹次郎の胴斬りが寸毫勝《すんごうまさ》った。

「うぐっ」

と押し殺した声を漏らした佐兵衛が斬られた姿勢で固まり、

「横霞み片手斬り」

の幹次郎の声に、

どさり

と前屈みに倒れ込み、板の間から土間に転がり落ちた。

その場に仙右衛門が飛び込んできた。

茫然自失の市場護三郎と常陸屋久六が、

「ああ」

と呻き声を漏らした。

幹次郎の片手居合に北村佐兵衛が斃されたことで、己の置かれた立場に気づいたらしい。そんな呻き声だった。

「七代目は無事ですかえ」

「番方、金次が従っておる」

仙右衛門が土間に下ろされた四郎兵衛の様子を確かめ、

「この始末、どうつけたものか」

と血に濡れた匕首を構えて、市場用人と常陸屋を睨んだ。

「ば、番方、そやつらは小物ですよ。逃がしてやりなされ」

四郎兵衛が小声ながらしっかりとした声音で言い放った。

「揚屋町名主の常陸屋もですかえ」

「己の始末くらい常陸屋にもつけられましょうよ」

と四郎兵衛が言い切り、

「でなければ、そのときこそ、私が直に乗り出しますでな」

となにか考えがあるのか言い添えた。そして、金次に抱きかかえられながら両目を閉じた。

「番方、七代目を柴田相庵先生の診療所に運ぼう。小物の詮議よりもそれが先でござろう」

「よし、戸板を外す」

仙右衛門が縁側の戸板を一枚外すと表に運んだ。

幹次郎は血振りをすると刃を鞘に納め、

「金次、七代目の体をそれがしの背中に静かに負ぶらせてくれ」

「へえ」

ぐったりとした四郎兵衛の体を背中に負ぶった幹次郎は、土間から板の間、廊下と回り、表に置かれた戸板に四郎兵衛を下ろした。

いつの間にか、市場護三郎も、常陸屋久六も用心棒らも姿を消して、柘榴の家の土間に江戸町二丁目の名主の北村佐兵衛の骸だけが残されていた。

四郎兵衛の体を戸板に横たえ、番方が自ら着ていた長半纏を体に着せかけた。

「金次、会所に急ぎ戻り、この家の後始末を小頭らに願え。それと玉藻様に四郎兵衛様は無事と伝えよ」

「へえ」

「三浦屋の旦那にもこの旨を知らせるのだ」

「合点です」

戸板の前を持った仙右衛門が体を前向きにして後ろ手に持ち替え、後ろを幹次郎が保持して、浅草寺寺領の柘榴の家から静々と山谷に向かって歩き出した。

幹次郎の目に柘榴の木が月明かりに蒼《あお》く浮かんでいるのが映《えい》じた。もはや熟れ残った実がふたつ三つあるばかりだ。木枯らしが時折り、浅草界隈を吹き抜けていた。

柘榴の実　ふたつ三つ残して　秋深し

幹次郎の脳裏に脈絡なく駄句が浮かんだ。

日本堤に出たとき、正九つの時鐘が浅草寺から響いてきた。

「神守様」

四郎兵衛が最前より弱々しい声で言った。

「どうなされた」

「そなた様と汀女先生に贈る家を私の血で穢《けが》してしまいましたよ」

「さようなことはどうでもよろしゅうございます」

「住んでくれますね」

四郎兵衛が念を押した。

「四郎兵衛様、われらには勿体ないと思うてきました。じゃが、今晩ほどあの柘榴の家に住みたいという気持ちが生じたことはございません」

　ふっふっふふ
と笑った四郎兵衛が、

「安心しましたよ」

「七代目、安心はできませぬ。吉原の真の敵は残っておりますでな」

「いかにもさようでした。この年寄りにもうひと働きせよと申されますか」

「われらも死を賭《と》して戦う所存です」

「心強い」

と呟いた四郎兵衛が意識を失ったか、静かになった。

浅草山谷町の柴田相庵の診療所にて相庵と見習い医師、さらにはお芳の手で四郎兵衛の治療が始まったのは九つ半（午前一時）だった。

玉藻と汀女も駆けつけ、治療の終わりを待った。

玉藻が父親の四郎兵衛と会うことができたのは、夜明けの七つ半（午前五時）過ぎのことだった。

相庵が幹次郎らの待つ待合所に姿を見せた。

「ご苦労にございました」

「会所はようも年寄りを働かせよるな」

年寄りとは四郎兵衛のことか相庵のことか幹次郎には判断がつかなかった。

「七代目はどんな具合ですか」

「仙右衛門、傷は大したことはない。じゃが、血がだいぶ流れたでな、快復にはかなりかかろう」

「命に別状ございませんな」

「七代目にどなたかがまだ働けと申されておるようだ。そうではないか」

幹次郎と仙右衛門が頷いた。

「四郎兵衛様が快復なされるまでなんとしても、われらが会所を支えねばなりますまい」

「神守様がおられてどれほど心強いか」

「番方、幹どのも番方もよい歳です。無理は禁物ですよ」

汀女がこの夜初めて話に加わった。そして、

「よかった、なんとしてもよかった」

と皆の気持ちを代弁するように幹次郎が呟いた。だが、真の戦はこれから始まるのだ、終わりではないと幹次郎は気を引き締めた。

秋が深まり、冬の様相を見せ始めた一夜の出来事だった。

二〇一四年四月　光文社文庫刊

光文社文庫

長編時代小説

髪《かみ》　結《ゆい》　吉原裏同心《よしわらうらどうしん》(20)　決定版

著　者　佐《さ》　伯《えき》　泰《やす》　英《ひで》

2023年1月20日　初版1刷発行

発行者　三　宅　貴　久
印　刷　萩　原　印　刷
製　本　ナショナル製本

発行所　株式会社　光　文　社
〒112-8011　東京都文京区音羽1-16-6
電話（03）5395-8149　編　集　部
8116　書籍販売部
8125　業　務　部

落丁本・乱丁本は業務部にご連絡くだされば、お取替えいたします。
ISBN978-4-334-79417-0　Printed in Japan

組版　萩原印刷